MASTIGANDO HUMANOS

SANTIAGO NAZARIAN

MASTIGANDO HUMANOS

Edição revista

EDITORA RECORD
RIO DE JANEIRO • SÃO PAULO
2013

CIP-BRASIL. CATALOGAÇÃO NA PUBLICAÇÃO
SINDICATO NACIONAL DOS EDITORES DE LIVROS, RJ

N248m   Nazarian, Santiago, 1977-
   Mastigando humanos: um romance psicodélico / Santiago Nazarian. – 1. ed. – Rio de Janeiro: Record, 2013.

   ISBN 978-85-01-40419-0

   1. Ficção brasileira. I. Título.

13-03042   CDD: 869.93
                           CDU: 821.134.3(81)-3

3ª edição (1ª edição Record)
Copyright © by Santiago Nazarian, 2006, 2013

Capa: Alexandre Matos
Editoração eletrônica: Abreu's System

Texto revisado segundo o novo Acordo Ortográfico da Língua Portuguesa.

EDITORA AFILIADA

Direitos exclusivos desta edição reservados pela
EDITORA RECORD LTDA
Rua Argentina, 171 – 20921-380 – Rio de Janeiro, RJ – Tel.: 2585-2000

Impresso no Brasil

ISBN 978-85-01-40419-0

Seja um leitor preferencial Record.
Cadastre-se e receba informações sobre nossos
lançamentos e nossas promoções.

Atendimento e venda direta ao leitor:
mdireto@record.com.br ou (21) 2585-2002.

Capítulo único

ANIMAIS HUMILHADOS * HUMANOS OBSCUROS * OBJETOS ANIMADOS

Eu fiz uma longa viagem para chegar até aqui. Não nasci em berço de ouro para depois ser jogado na privada. Nem fui criado às margens desta poluída cidade. Tive uma infância e adolescência ordinárias, como a maioria da minha espécie, e talvez tenha até demorado um pouco para seguir meu próprio caminho, mas não demais. Afinal, os caminhos abertos a nós sempre foram abertos por outros, não são nossos, real ou exclusivamente. Assim, enquanto minha juventude ainda fluía intensa pelas correntezas, deixei que ela me levasse e eu seguisse o seu chamado. Poderia lamentar ter desaguado num esgoto, mas, como todos os jovens, sempre quis provar o gosto dos subterrâneos.

O gosto dos subterrâneos foi o que me tornou incapaz de sentir qualquer outra coisa. Vocês sabem, quando se está mergulhado em excessos, não se pode estimular papilas individualmente. É como tentar pedir para tirar cebolas de um hambúrguer de fast-food, ou reconhecer cada fruta que forma o sabor genérico de *tutti-frutti*. Todos esses tóxicos que saem pelos canos, toda essa comida industrializada tiveram um efeito ainda maior na minha cabeça do que no meu paladar — e hoje sinto que tenho várias faculdades mentais prejudicadas. Mas, provavelmente, muitas outras evoluídas. E se eu não houvesse passado pelo que eu passei, não haveria graça em contar a minha história. Não seria novidade nenhuma, mais um jacaré alimentando-se de capivaras. Com a boca aberta sob o sol. Palitando os dentes com passarinhos. Ah, seria uma aventura bucólica que eu nem teria capacidade de organizar em sentenças, pontuadas, se minhas funções mentais não tivessem sido alteradas. É o preço que a gente paga, não é? Para ficar na história, ficar numa história, contar uma história e ter do que se orgulhar. Orgulhar-se do que se conta, do que importa, da nossa história, mesmo que ela, enquanto acontecesse, não fosse tão doce, tão simples, tão bela. O tempo suaviza, esses produtos químicos amaciam a carne, a mente corroída se lembra de tudo mais belo, aventuras passadas, contadas com orgulho quando deixadas para trás. Ah, mas para passar por elas... É preciso perder alguns neurônios para que os neurônios sobreviventes se esforcem mais. Esquecer os nomes dos pais, para recitar os poetas franceses. Contanto que eu não perca minha censura, tudo do que eu me lembrar pode ser usado a meu favor. Concordo que poderia ter sido diferente, eu poderia ter seguido outros caminhos e não ter me lesado tanto. Mas vai saber o que uma simples friagem não pode fazer em mentes demasiadamente protegidas, ou o efeito tóxico da noz-moscada na comidinha caseira, ou o lapso permanente — a paralisia cerebral — provocado ao se dizer *pecan pie* num quarto de hotel. Se a destruição é inevitável, que ao menos seja saborosa.

Não preciso que acreditem. O mérito não está na verossimilhança. O importante é que, por eu ter passado pelo que passei, eu tenho o que contar, pois não posso inventar. Não, esse talento eu ainda não tenho. O talento da criação/abstração ocorre com sinapses que só se realizam com o sangue quente. Então, se tomam como absurdo, poesia, ficção, me orgulha ainda mais. Como eu disse, o importante é ordenar as sentenças, ter algo a contar, mesmo que não seja verdade. Mesmo que não tenha acontecido, pois só é interessante agora, não quando tudo começou. Ah, quando tudo começou eu tinha tanto mais a fazer do que contar...

Não passava uma noite parado, mesmo que a correnteza não fosse forte o suficiente para me carregar. Nos esgotos não fazia tanta diferença, toda correnteza era de água parada, talvez por isso mesmo eu precisasse me movimentar.

Talvez por isso mesmo eu precisasse fazer um esforço, mudar de cenário, não ficar contemplando as mesmas moscas, ratos e restos. Para sentir novos frescores de águas poluídas, dejetos, para fazer a história acontecer, respirando como um tubarão. Como os tubarões, eu precisava respirar — dizem que tubarões só respiram com a água passando pelas guelras, com as barbatanas se movimentando, fazendo a água passar; se param, afundam, se afundam, morrem, sem oxigênio circulando, precisam fazer a água circular. Eu não sou tubarão, longe disso, nem estou certo de que é assim mesmo que eles funcionam, não funcionam, são meus colegas. Estou certo de que eles não pensam assim, não pensam de forma alguma, como a maioria dos seres sobre e sob a terra. Se me remeti a eles é porque eu posso, faço isso por mim e por eles, tubarões, que não têm meios de expressão nem faculdades mentais a serem prejudicadas, universidades a serem implodidas. Tubarões, que não podem parar para contemplar e descrever. Se se aprofundam... morrem... Mas foi apenas um exemplo, não devia me deter tanto tempo nisso...

É sobre a vida que quero falar! Ah! A vida nos meus ossos, no meu sangue, na minha carne. A carne na minha boca, no meu maxilar, a mastigar. Ah, não venham com essa de que nós — crocodilianos — não mastigamos. Se vocês tivessem dentes como os meus, e consciência sobre eles, não descansariam suas mandíbulas um minuto. Também não dizem que jacarés não podem escrever? Isso é tudo lenda, lenda, assim como a lenda dos jacarés nos subterrâneos... no fundo somos todos iguais. No fundo, somos todos animais. No fundo do mar, do esgoto, da terra. Todos a agir, apenas alguns a pensar. Os que pensam, pensam, pensam sobre suas próprias ações, as mesmas ações dos outros, não mudam em nada os atos em si. Talvez para que aqueles que não pensam possam se identificar. E os que não pensam possam ler e refletir, e continuar, para não afundar. Mas o que estou dizendo? Como se os tubarões fossem me ler... Ah-há, esse talento eles é que não têm. Eu sim. Agora eu tenho. Agora eu posso, que não me movimento tanto. Afundo, mergulho, posso me aprofundar. Remexer meus antigos pensamentos, o lixo, repensar no que ficou e no que ficará. No que eu quero deixar. Ah, esperem um pouco que já vou avançar.

Como foi que aprendi? Como foi que aprendi a ler, escrever, vocês me perguntam. Sem ninguém para ensinar. Não é necessário alguém para guiar seus instintos ao trabalho que eles nasceram para fazer. Se não há grandes explosões para nos distrair — ou pântanos para nos atolar — acabamos desenvolvendo o potencial ditado pelos genes, sugerido pelos genes, inescapável; podem chamar isso de determinismo. Quando um livro cai em suas mãos. Quando papéis preenchidos passam pela sua frente. Quando frases se somam em cartazes e discursos, quando notamos as figuras e interpretamos os rabiscos. Foi assim, pouco a pouco, que comecei a entender que aquilo tudo fazia sentido... ou deveria fazer.

Talvez não faça, mas foi nesse sentido que me esforcei. Para entender. Tudo o que aquilo queria dizer, as informações que queria passar, e fui me encantando pelas possibilidades de leitura, primeiro pela exoticidade, o mistério das paixões humanas, depois por exercício, manter a mente funcionando, decodificando sinais, interpretando letras. Em pouco tempo, vivendo entre o lixo, qualquer um aprende a ler. Aí eu os vejo tendo de discordar. Talvez discordem. Talvez eu concorde. Mas, como eu disse, o mérito não está na verossimilhança. Antes de tudo, deixe-me particularizar. Sim, esta é uma história particular. Não conheço outros jacarés como eu. Não sei de outros casos como o meu. Já ouvi essas lendas urbanas, sim, como vocês devem ter ouvido. Está no inconsciente coletivo, jacarés na fossa da sua cabeça, mas nunca encontrei nenhum outro por lá. Não digo que sou o único, talvez não. As galerias subterrâneas são imensas, teria espaço para muitos outros. Só que não acredito que aquele lugar atraia muitos da minha espécie, não é um hábitat saudável. E, por mais estranho que pareça, minha espécie é de fato saudável. Você sabe, capivaras, água limpa e ar fresco. Peixe fresco. No esgoto só há ratos, insetos, doenças. Falta calor, radiação UVA/UVB, tudo isso de que nós *herps* precisamos.

Digo que foi um fenômeno eu ter chegado até aqui. E é sobre fenômenos que quero contar. Começou com vários peixes mortos. Espuma na água, garrafas boiando, cheiros estranhos. Foi assim que percebi que não estava mais em casa. Estava chegando à cidade, a qual tanto temiam e pela qual tanto eu ansiava. Tinha medo também, claro. Eu nunca tinha chegado àquelas margens. Mas tinha mais expectativas, curiosidades, apetite, estava entusiasmado com uma nova vida. Sentia que seria vitorioso. A vida fluía. Mesmo assim, não pude conter um arrepio quando avistei os cachorros mortos...

Veja só, eu não tinha pena. Tinha é nojo de me alimentar daquelas coisas. Fui criado a sashimi de pacu, tartare de piranha. Não estava acostumado com comida industrializada, sacos de salgadinhos, doces e balas. Era tudo tentador, e ao mesmo tempo assustava. Eu era vaidoso também, peito amplo e escamas claras. Eu imaginava como ficaria encardido nadando naquelas águas. Como perderia meus músculos, me alimentando de restos. Precisava de proteína, ginástica, água pura. Mas se eu não pudesse abrir mão disso, deveria ter ficado em casa. Era preciso aceitar as novidades, fazer sacrifícios, não chorar pelo detergente não biodegradável derramado. Era uma vida nova e eu me adaptaria a ela, mesmo em novas escamas, novas lágrimas, níveis tróficos alterados. (Hum... mas como sinto falta de um veado campeiro ensopado.)

Meu primeiro amigo na cidade foi um cachorro. Pois é, existem milhares deles vivendo sob a civilização, nem todos estão mortos. Muitos se tornaram meu almoço, mas não o Brás. Porque quando eu o conheci foi bem no começo, eu ainda estava enjoado com o cheiro daquele lugar, e ele era magro demais, franzino demais para me interessar. Então não dei trela nem amizade, até ele começar a latir para mim. Que sujeitinho petulante, não?, pensei no meu arrogante navegar. Por que ficava latindo na minha cara, não saía correndo, só me apoquentava? Parei um pouco e pedi silêncio. "Veja bem, meu chapa, estou enjoado, não estou a fim de brigar. Só estou procurando um lugar tranquilo, até as coisas se ajeitarem. Pare de latir assim, que eu não respondo por mim." Claro que ele não disse nada, os cachorros nunca dizem. Mas pensam um pouquinho mais do que os tubarões, disso eu tenho certeza. Dizem que um cachorro de cinco anos tem a mesma inteligência de um humano de três — de qual raça?, eu me pergunto. Então ele ficou quieto, olhando para mim, abanando o rabo, e percebi que estava perdido, tão perdido quanto eu, ou talvez mais. E esses cachorros são tão carentes, não é? Precisam sempre de alguém para brincar, afagar. Daí me trouxe um pedaço de osso, queria dividir a comida comigo. Eu, esnobe como sempre, continuei na minha. Mas, no fundo, achei ele simpático. Brás.

O que me pegou é que ele já foi ganhando confiança. Trouxe vários amigos para me conhecer. Todos cachorros, alguns gordinhos, e confesso que alguns não deixei escapar. Mas o Brás levou numa boa, veja o que é a fidelidade canina. Não se importam com os demais. Elegem alguém como seu chapa, e os outros que sejam devorados! (Não me condene, todo mundo precisa comer. E essa é a lei da selva, mesmo sob a cidade.) Claro que nossa amizade estava muito distante de ser algo complexo e completo como a amizade entre duas pessoas. Éramos dois animais. Espécies, classes, ordens e famílias diferentes. Nosso relacionamento estava limitado, como entre homens e cachorros — na maioria dos casos. Como cães e répteis. Como répteis entre si. Não que eu fosse indiferente ou egoísta, mas sou animal de sangue frio, isso é algo que nunca vai mudar, faça chuva ou faça sol. Embora eu tenha minha inteligência e minha visão crítica, não me entrego a sentimentalismos. Cachorros não, cachorros têm até mais calor do que inteligência. Isso se torna carência. Apegam-se facilmente a quem traga combustível para manter a fornalha acesa — o estômago preenchido, o pelo afagado, os músculos em movimento — e não são capazes de trair. Têm seu valor. Imagine se eles não tivessem essa dedicação: não teriam conquistado todo o luxo e conforto que a civilização lhes confere. Mas luxo e conforto só fazem sentido para animais de sangue quente. Eu jamais quis viver num apartamento. Nunca precisei de almofadas, vasilhas, cobertores. A evolução me manteve pecilotérmico para que não precisasse sentimentalizar. E me manteve insensível porque eu não precisava de amigos para me esquentar. Então, levando em conta nosso estágio de evolução, posso dizer que minha situação era melhor que a do Brás. Percorri um longo caminho para chegar até aqui — e permaneci —, eu e toda a minha espécie.

Morávamos em algum ponto sob a periferia da grande cidade, eu e Brás. Não posso dizer ao certo qual, porque eu subia pouco para averiguar. A rua não era um local muito seguro, claro. Tantas pessoas passando, carros, obras, vendedores de pamonha e igrejas universais. Eu poderia acabar sendo apanhado. Mas de vez em quando eu precisava arejar, respirar ar puro, o dióxido de carbono, e colocava minha fuça para fora de algum bueiro, rapidinho, de madrugada. Vez ou outra alguém me via, mas isso não comprometia minha liberdade. Os que me viam olhavam para os bueiros, olhos baixos, embriagados. Era difícil alguém acreditar nas palavras de quem andava pelas estrelas olhando para a sarjeta. As autoridades, os formadores de opinião, olhavam para cima, narizes empinados. Nem mesmo se preocupavam com o que acontecia sob seus pés. Seria necessário que eu fosse um chiclete e me grudasse sob eles para que então eles me esfregassem como um touro se preparando para o olé e pudessem esticar um pouco mais suas considerações sobre mim pelas ruas. Um pouco, ao menos. Outro problema eram as obras, sempre cavando, implodindo, drenando. Faziam um barulho brutal e era difícil dormir. Eu não dormia na mesma hora que os humanos, claro que não. Não tinha um fotoperíodo estabelecido. A lua e o sol nem faziam parte do meu dia e noite. Eu dormia a qualquer hora, em intervalos, depois de nadar, depois de comer. Mas tive de me acostumar com pneus passando sobre meus sonhos e britadeiras a me assombrar. A gente se acostuma com tudo. É só fechar os olhos e esquecer. Até o Brás se acostumava. Dormia. Só se incomodava mesmo com a umidade. Não é fácil para os cães com aquele pelo todo. Manter-se aquecido e seco é um esforço terrível. Eu podia ficar dentro d'água que estava tudo bem. O fluxo das descargas até me garantia uma temperatura permanentemente aprazível. Minha ocupação diária era basicamente essa: dormir, acordar, manter o fluxo, procurar comida, nadar. Não tinha grandes desejos ou ambições, ora, sou um jacaré. O mais importante mesmo era a comida, em quantidade e qualidade. É essa a grande preocupação da minha espécie, era essa também a minha. Já me dava trabalho o suficiente. Nem mesmo me impeliam os instintos da reprodução. Não sentia falta de uma companheira. Não. Não pense que somos incomodados pelos hormônios, que nos deixamos levar. Acho que eu só sentiria mesmo minha masculinidade aflorando ao avistar uma fêmea abanando a cauda para mim. Sem essa capacidade de abstração, não pensava sobre isso. Só que acabou acontecendo de uma forma um tanto peculiar... uma fêmea, não exatamente da minha espécie, um dia piscou para mim. Eu a chamo de Santana, mas nunca soube se é exatamente esse o nome dela. Pelo menos foi o que soou para mim, quando a água ecoava em suas paredes, quando ela rangeu algo pela boca semiaberta. Santana, um velho tonel de óleo, sim, foi minha primeira paixão. Não... estou exagerando, não diria que foi uma paixão, tenho sangue frio, mas foi, digamos, uma... fisgada, uma fisgada irresistível. Foi quando meus hormônios masculinos se manifestaram pela primeira vez. Quando eu esqueci meu estômago e me dei conta de detalhes mais proeminentes da minha anatomia.

Vocês devem estar rindo, se perguntando: "Que diabos ele espera de um tonel de óleo?". Ora, mas o que todos os homens esperam das mulheres? O que os homens esperam das mulheres? Apenas que se abram, ranjam, deem abrigo e espaço, espaço para eles entrarem. Um túnel de carne quente para descansar. Para mim, um túnel de paredes frias para o mesmo. Foi isso o que senti por ela: vontade de penetrar, conhecer melhor suas formas arredondadas, o brilho de seu casco, seu ranger sob meu peso, nós dois a rolar. Talvez fosse sua ferrugem, como escamas, talvez seu ferro dentado. Só sei que ela tinha o suficiente para que um macho da minha espécie se sentisse atraído, embora um pouco culpado, confesso eu.

Imagine nossos filhos, pequenas latinhas de refrigerante, jogando futebol com os meninos de rua, fazendo a fortuna e a felicidade de catadores de alumínio. Magrinhos e amassados. Gordinhos e cheios de gás. Ah-há! Não sou bobo, ora, não sou tão irracional assim. Sabia que éramos seres de espécies diferentes, que meu desejo não era totalmente normal, nem poderia ser correspondido e procriar. Eu também nem tinha desejos tão paternais assim. Mas, mesmo assim, não podia evitar o que sentia. E sentia vergonha, por ela não ser exatamente o que eu esperava. Por ela não ser exatamente o que eu queria, embora eu quisesse, quisesse conhecê-la melhor. Esperava encontrar uma fêmea jovem, jacaroa. Alguém com os olhos nos meus olhos e os dentes de minha mãe. Santana não era assim, tinha dentes de ferro. Tinha um corpo mais redondo, maior, um estômago faminto, mais faminto do que o meu. Velha e enferrujada, bêbada e despejada. Tratando-me com a indiferença de que só uma lata velha é capaz. Sangue mais frio do que o meu. Uma espécie mais incompreendida do que a minha. Oh, talvez tenha sido isso o que me atraiu, o elogio aos perdedores. A piedade se manifestando como compaixão, paixão, o inverso da inveja. Alguém que não pode desafiar você, alguém que não lhe oferece perigo, nem concorrência. Alguém para você exercer sua força, seu peso, sua masculinidade... Ah, todos os machos querem morder a mesma coisa, independentemente do apetite...

Há gosto para tudo, mesmo para aquilo de que você não quer gostar. Essas preferências são apenas uma combinação química: hormônios, óleos, fluidos, hoje eu bem sei. Não dá para fugir das ordens de nossos cromossomos. Se eles nos ditam que o vermelho será visto como sangue, não como o amor. Se curvas indicam uma saída... ou uma entrada.

Encontrei Santana numa tarde, virando uma esquina, uma esquina pela qual eu sempre passava, mas nunca virava, nas galerias onde eu morava. Eu estava sempre por lá, não ia longe demais, pois sabia que por lá havia comida, saquinhos de pipoca, restos de algodão-doce, estávamos abaixo de uma escola. Naquela época, eu estava viciado em doces, afastado do que um jacaré deve realmente comer. Então, nadando entre jujubas e fezes, fiz uma curva inédita nos corredores de sempre. Não foi algo milagroso, nem inesperado, apenas como jogar videogame sem passwords. Eu poderia conhecer novos caminhos todos os dias. É simplesmente impossível conhecer todos os cantos dessas galerias — a gente repete os mesmos caminhos por costume e preguiça. A inércia nos guiando ao mesmo fim. Só que, naquele dia, num repente de inventividade, dobrei uma esquina e encontrei Santana repousando no seu canto.

Dava para ver que há muito ela estava ali, encalhada, a parte de baixo amassada por seu próprio peso, as bordas encaixadas no caminho de concreto. Mantinha-se quieta, numa indiferença aristocrática. Dava para ver também algum óleo que restava na sua parte superior interna, escorrendo pelos lados. Era negro e espesso, mas também tinha um certo charme. Onde se encontrava com a água emitia um desenho prismado, como um arco-íris; foi quando eu tive certeza de sua feminilidade.

Sua voz era quieta e rouca, ecoando com a água. Parecia dizer "Santana", e foi de lá que tirei seu nome, apresentando em seguida o meu. Conversei um pouco com ela e logo fui embora, sentindo-me desconfortável com sua indiferença. Falava por signos, metáforas, que eu não tinha paciência para interpretar. Também, minha fome era maior do que o feitiço, eu não havia comido nada. E nem em sonho pensava em devorar aquela lata, não, essa irracionalidade eu deixo para os tubarões.

Acho que é preciso que eu descreva um pouco melhor as características da minha fome, as características da nossa fome, as características da fome de todos nós, animais, que não temos e não nos perdemos em preocupações mais abstratas. Os seres humanos inventaram coisas demais com que se preocupar. As notícias do dia, os clássicos da literatura, as fofocas da novela, os perfumes, as roupas, os memes e as receitas para conquistar o sucesso. Talvez se esqueçam de que precisam mesmo manter o estômago cheio. Fazem lipo. E nessas tantas preocupações tão desnecessárias — para a evolução, perpetuação, existência — evoluem esquecendo-se do prato principal.

Talvez tenha sido a descoberta do fogo, da roda, o polegar opositor. Algo que os distraiu e os potencializou — seguiram para uma outra direção. Eu realmente não acredito que sejamos menos capazes, nós, os jacarés, veja só meu exemplo. Gostamos de tomar sol como vocês nas férias; nadar como vocês nas férias; comer piranhas como vocês. Nosso dia a dia é aproveitado como as breves férias de vocês. E muitos de vocês ainda por cima planejam nos visitar durante esse período nos lagos e rios, nas enciclopédias, nos zoológicos, no Animal Planet! Veja só para onde nos levou nossa escala evolutiva.

Mas isso tudo é até um certo despeito da minha parte, porque admito que gostaria de saber como é viver como um ser humano (e acredito que ninguém queira realmente viver como um jacaré), gostaria de ter tantos canais para trocar. Nós, machos, precisamos de variedade, *c'est pas?* Por isso as fêmeas estão sempre lá, tentando tirar o controle remoto de nossas mãos e reclamando da nossa inconstância.

Oh, não, não se engane, isso não é exclusividade da raça humana. Estou perto, acredito, tão perto quanto possível de saber o que é ser um ser (humano, meu caro). Ou talvez os humanos é que estejam perto demais de nós, de mim... Enfim, estava falando da natureza da minha fome.

É verdade essa história de que os crocodilianos podem passar semanas sem se alimentar, mas depende. Depende dos gnus, dos ribeirinhos, das oportunidades. No meu caso, alimentando-me diariamente de dejetos e jujubas, movimentando-me nessas regiões fétidas, perturbadas pelos ruídos das ruas, convivendo com moscas e ratos, seres das piores espécies, era natural que eu ficasse sempre com fome, sempre pronto a atacar, sempre esperando uma oportunidade.

Também é verdade que eu poderia me alimentar de seres humanos, sempre havia um ou outro passando por mim. Vou tratar desse assunto mais para a frente, pois sei que é isso o que vocês esperam. Mas não esperem demais, porque eu também não era lorpa de sair pelas ruas atacando gente para levar um tiro na cara... Bem, talvez só de noitinha.

Se a fome é o impulso básico da existência, o freio da existência seria o medo? Ou seria a saciedade? Afinal, quem tem fome demais se arrisca. E quem já não tem não precisa. Morrer de medo... Há até quem se arrisque por esporte, como os piolhos, mas não se freia por fome. E os leões no topo da cadeia alimentar, os tubarões (novamente) no fundo do mar, eles têm algo a temer? Os piolhos têm o medo que os impede de saltar? Ah, fico pensando que grande predador eu sou, que grande predador somos nós, palitando nossos dentes com os bicos dos passarinhos. Nesse meio-termo da cadeia, não morremos pela fome do outro, mas nos sacrificamos por esporte. Pelos esportes dos outros, dos caçadores, fique bem claro, porque eu nunca saltei de paraquedas (não, esse talento eu ainda não tenho).

A fome é assim, a fome nos priva de escolhas e nos faz saltar sobre oportunidades. E as oportunidades, assim como as escolhas, são questões individuais. Não adianta observar os hábitos alimentares da minha espécie pela televisão, vocês nunca entenderiam o que me motiva sem ler o que tenho a contar. Eu também poderia generalizar os humanos como onívoros — vocês comem de tudo, não é? —, mas não conheceria sua ética vegetariana, sua ojeriza aos brócolis, o tempero de suas mães.

A fome é maior do que a perpetuação, sim, porque a satisfação individual é maior do que a da espécie. Quem tem fome demais não pode procriar, quem está saciado também não. Mas a perpetuação ainda é maior do que o medo, porque quem se arrisca por esporte também se arrisca por amor. Talvez o medo seja menor do que tudo. Então a pornografia é maior do que o terror.

Mas o que eu estou dizendo?! O que eu estou dizendo, veja só!!! O que essa cidade fez de mim? Fez-me preocupar com questões tão menores, tão abstratas, tão menor se preocupar do que comer. De onde vem a nobreza de um faquir? Não acredito que ninguém passando fome se importaria mesmo com isso — faquires, comigo. Quem tem fome se preocupa em encontrar o que comer, não em pensar sobre sua própria condição. Há quem diga que a verdadeira iluminação só pode surgir em barrigas satisfeitas. Quem sabe barrigas satisfeitas apenas coloquem falsas ideias em circulação, açúcar no sangue, lipídios. O cálcio que fortalece os próprios ossos, mas solidifica o cérebro, impedindo-o de realizar suas funções vitais. Funções vitais, isso é o que há. Não adianta tentar sofisticar. Não adianta tentar emergir se eu estou no esgoto e o alimento consistente sempre insiste em afundar. A não ser quando me é trazido à boca.

Sim, era sobre isso que eu ia falar. Ana Rosa. Alguém a conheceu? Vendedora ambulante trabalhando sobre minha cabeça. Primeiro vendia rosas, o que eu achava lindo. Depois bilhetes de ônibus, o que não fazia diferença. Finalmente armou uma barraca de yakissoba, e isso me dava nos nervos. Nos seus dedos, aquele cheiro oriental que não era dela, embora ela talvez fosse, talvez fosse oriental. Em meus dentes também, seus restos se enrolando, seu macarrão desaguando, despejando restos e restos das bocas de lobo até a minha. Ah, essa é a miséria de minha fome urbana.

Mas eu lhe dei o nome de Ana Rosa quando ela vendia rosas, rosas, tinha as mãos perfumadas e perfuradas até mim. Pingava de leve uma gota do espinho. Descia das bocas de lobo até meu nariz. Nós temos o olfato muito desenvolvido, principalmente os machos. Principalmente quando as fêmeas, mesmo de outras espécies, chamam por nós. Quando não podemos perpetuar, mastigamos. Quando não há o que mastigar, sentimos o leve perfume das rosas que perfuram seus dedos e chegam até nós.

Chegou até mim, sim, assim como cheguei aos seus pés. Eu também cheguei até ela, em suas jornadas de trabalho. No final do dia, quando despejava os restos de trabalho, as rosas murchas, os bilhetes vencidos, o macarrão mastigado. Ela jogava pela boca de lobo, esperando entupir. Eu estava lá para limpar. Eu estava lá para digerir. Eu dava conta, eu a senti. Todo final do dia, nadava até ela e via a ponta de seus saltos apontando para mim.

Sim, Ana Rosa usava saltos interessantíssimos, pele de crocodilo, unhas pintadas de preto para me assustar. Comecei a me acostumar, achava bonito, todo final de dia ir até ela e ver o que sobrava, ver o que me trazia, embora ela nem soubesse que eu estava lá. Eu já tinha visto muitos pés passando, mas não como aqueles. Eu já tinha sentido muitas orientais, mas não a desabrochar. Foi o desejo masculino aliado à fome. A fome com a vontade de comer. E, vejam só, até eu, como jacaré, desejei aprender a manejar os palitinhos.

Como Ana Rosa descobriu sobre mim? Um guarda a repreender. Dizendo "Não jogue lixo na boca de lobo", ele não sabia que ela jogava comida na minha. Um transeunte a passar, dizendo "Não vá entupir os bueiros", não sabia o quanto eu podia engolir. E, dia após dia, chuva após chuva, nada de o bueiro entupir. Era um saco sem fundo, um depósito sem fim, e ela poderia ter suspeitado. Deveria ter ficado desconfiada, vocês não ficariam? Talvez ela estivesse com pressa demais para pensar em mim.

Só realmente quando eu puxei um sachê de shoyo da mão dela foi que percebeu que eu estava lá. Deu um grito de surpresa. Dois pulinhos para trás. Fiquei vendo seus sapatinhos tão lindos, parados um pouco mais distantes, sua voz a falar: "Tem algum bicho lá embaixo."

Vocês acham que depois disso ela deixou de me alimentar? Ah-há, depois disso é que tudo melhorou, vejam só! Ela passou a chamar por mim, assobiava meu nome — me chamava de chaninho, é verdade —, queria me conquistar. Eu não me aproximava demais, também não queria pressionar. Não queria que todos me vissem, me expor tanto, precisava manter o charme. E cada dia ela estava com uma companhia diferente: guarda de trânsito, motorista de táxi, garota de programa, todos a espiar. Ela jurava que eu estava lá embaixo, e todos esperavam para ver. Eu ficava submerso esperando a comida. E quando todos iam embora, eu abria a boca para comer. Ela também ia, nem me esperava mastigar. Ela não conseguia ver muita coisa lá embaixo, mas o importante é que voltava. Todo dia ela voltava, não se esquecia de mim.

Conto como se fosse uma grande conquista, um grande acontecimento, mas só chega a ser num cenário viciado, como esse que descrevo, não é mesmo? Hoje eu penso que, para ela, era apenas uma passagem do dia, cinco minutos do seu turno, dos quais ela se esquecia, logo que passavam, até cinco minutos antes de recomeçar. Quem sabe aonde ia jantar? Cada noite em um lugar. Cada noite com um rapaz. Cada noite numa boca de lobo, entre dentes de tubarão, onde despejavam restos sobre ela? Eu dava grande importância à sua generosidade, mas eram apenas restos. Ao menos ela foi a primeira a fazer algo por mim. A primeira humana, feminina, com sapatos de crocodilo.

Claro que havia outros humanos no meu convívio. Sim, sempre aparecia algum por lá. Adolescentes enfrentando seus medos, velhinhas míopes perdidas, mendigos catando latinhas.

Ao menos deixavam Santana no seu lugar. Ao menos não interferiam muito na minha rotina. Os humanos que desciam até o esgoto já não tinham a menor credibilidade para me denunciar. A maioria deles já não tinha o mínimo contato com a realidade para se incomodar com a minha presença.

Um que sempre passava por lá era o Tiradentes, um velho mendigo arrastando seu carrinho de supermercado. Catava garrafas, latinhas. Fazia um som estridente com as rodas, passeando pelas galerias. Era tão roto, esfarrapado, que só poderia vender latas para comprar bebida. Trocava o refil. Eu não me importava, pois ele não tomava o que eu queria. E eu ainda era muito jovem para apreciar carne marinada.

Mas talvez as latinhas de refrigerante, as crianças da espécie de Santana, o temessem e o tivessem como uma espécie de "homem do saco", aquele com que os pais ameaçam os filhos traquinas, dizendo que ele os levará se não se comportarem. Pois era exatamente isso o que Tiradentes fazia com latinhas dispersas. Ele as catava, amassava, metia no saco e as levava sabe-se lá para onde.

Mais do que pelo acaso, esses seres todos foram delimitando meu território. Eu queria passar sempre por Santana, queria encontrar Ana Rosa no final do dia, acabava encontrando o cachorro Brás e ele me mostrava seus brinquedos novos e cicatrizes. Eu tinha de aguentar, embora não tivesse o menor interesse. Veja só: entre medo, fome e desejo, onde fica uma amizade? Eu diria que os seres só se juntam para enfrentar a fome. Ou talvez para combater o medo. Grupos de garotos se encorajando uns aos outros para chegar nas meninas. Para fugir da seca. Para esquecer que mastigam. Amizade é a forma do hambúrguer para se distanciar da vaca morta. E não venham dizer que isso é pensamento de réptil!

Os hipócritas que me acusam de sangue-frio já pensaram nisso milhares de vezes. Os que concordam comigo, mas acham tudo isso banal, não percebem que isso só pode ser banal do ponto de vista deles, homens frios e racionais. De dentro do esgoto, essas reflexões eram muito mais preciosas. E raras. Afinal, quem já viu um jacaré divagar? Quem só tem o sol para reverenciar e o estômago para preencher jamais poderia pensar assim. É o meio que me torna original. Foram as oportunidades que me deram esta, esta oportunidade de contar minha história, meus interesses, meu ponto de vista. E a fome que me faz divagar. A fome é que me trouxe a verdadeira iluminação. Ah, mas preciso pensar menos e comer mais...

Então, qual era o interesse de Brás, o cachorro, em mim? Não parece óbvio? Desejo, não. Fome, sim, sim, queria as migalhas que poderiam ser dispersadas por um grande animal como eu, comensalismo. E talvez medo, talvez, principalmente. Se um cachorro se alia a um jacaré, o que mais irá temer? Se faz amizade comigo, como eu poderia atacá-lo? Protegido por mim, quem o ameaçaria? Ah, mas eu não tinha interesse algum em me aliar a ele... Solidão? Sim, isso existe, mas é uma confluência dessas três motivações. A falta do desejo. O medo da morte. A culpa da fome. Manifestam-se num ser como eu de maneira muito mais objetiva. Não recorria à amizade de um cachorro para me fortalecer. Mas também não precisava recorrer à crueldade. Se ele queria estar ao meu lado, o que me custava permitir? E, de qualquer forma, ele sempre poderia trazer amiguinhos para me saciar...

Amiguinhos... logo fiz outro por lá. Vergueiro, um sapo legal. É, mais legal do que o Brás, porque tinha sangue frio como eu. Sabe como é, identificação herpetológica. Não precisava fazer aquele esforço para se manter sempre dez graus acima da temperatura ambiente. Relaxado, ele podia aproveitar comigo prazeres preguiçosos, ou simplesmente a preguiça de tentar ascender. Ele também já tinha ultrapassado algumas limitações da espécie.

Não era um anfíbio qualquer. Me fazia pensar sobre as modificações que eu próprio havia sofrido naquele ambiente urbano.

Para começar, Vergueiro fumava. E fumava como eu nunca vi ninguém fumar. Um cigarro atrás do outro, ou melhor, uma bituca antes, durante e depois. Não era coisa das mais fáceis, encontrar bitucas secas no esgoto. Mas ele havia desenvolvido uma sensibilidade muito aguçada. Sentia o cheiro do cigarro sendo arremessado. A bituca sendo amassada. Saltava na hora exata em que ela caía lá de cima, antes de atingir a água. Às vezes até pegava um cigarro aceso, daí usava para acender as bitucas apagadas. Uma após a outra, sempre a fumar. E isso estava trazendo grandes problemas para a sua saúde. Afinal, para fumar, ele tinha de sair da água. E os anfíbios, ao contrário de nós, não têm a pele impermeável. Com tanto tempo fumando no seco, ele ia ficando desidratado. A pele ressecada, as funções comprometidas. Eu bem que avisava.

Mas ele não se importava, fumava quase com triunfo. Parece que seus irmãos haviam estourado. Haviam sido vítimas de crianças que deram cigarro para eles fumarem. Não aguentaram. Foram inchando, inchando, até estourar. Ele assistiu a tudo, ainda girino. Jurou que aprenderia a fumar como um homem. E aprendeu.

Ele admirava o meu percurso. A forma como eu havia atravessado o rio todo até chegar à cidade. Ele era um sapo urbano. Seus pais já haviam nascido aqui. Morreram em terreiros de macumba, com a boca costurada, mais um trauma para ele colecionar.

Por tudo isso, eu não o incomodava demais com esses problemas do cigarro. Deixava-o fumar. Era legal também vê-lo assim, contando suas histórias, fumando seus cigarros, cantando com a voz rouca. Eu adorava vê-lo cantar.

"Pela rua existe muita gente procurando amor humildemente..."

Era uma amizade, sim, uma fuga da solidão para mim. Para esquecer da fome, do desejo insatisfeito. Ele cantava para eu esquecer. E eram sempre músicas de fossa.

Esses conceitos de amizade, apetite e desejo foram todos questionados quando um caminhão de cervejas virou numa rua acima de nós. Garrafas e garrafas. Litros e litros. Escorrendo pelos bueiros, entrando nas bocas, na minha, engrossando o caldo da corrente em que eu navegava. Mergulhado em álcool, boiando entre garrafas. Me daria uma indigestão brava. Mas eu não podia evitar beber. Vergueiro ficou entusiasmado. Além de fumar, agora bebia. Tinha mesmo uma alma de boêmio. Queria copiar todos os vícios humanos. Não deixara de comer moscas e mosquitos, mas fingia preferir ovinhos de amendoim.

Quando começou, soava como uma música pós-moderna. Dessas industriais, talvez Skinny Puppy ou Einstürzende Neubauten. Os vidros se partindo nas galerias. O barulho das garrafas partidas, da espuma se misturando à água. Vergueiro ficou tão empolgado que se pôs a cantar. Eu queria tapar os ouvidos e voltar ao sossego. Mas aquele derramamento de cerveja acabou para sempre com minha paz...

A enxurrada de cerveja foi um desastre. Em todos os sentidos, porque o esgoto nunca mais foi o mesmo. Uma horda de garotos de rua desceu pelos bueiros, correu pelas galerias e espetou o Tiradentes, que enchia seu carrinho de garrafas. O velho gritava e se contorcia, mas não largava a bebida. Eu assistia a tudo aquilo ao lado de Vergueiro, que segurava uma bituca apagada. De repente um garoto se aproximou e acendeu o cigarro na boca do sapo.

"Obrigado, meu jovem. Não vai catar umas brejas?", perguntou batraquiamente.

"Não, eu só bebo destilados", respondeu o petiz. E ficaram ambos fumando, assistindo ao velho Tiradentes ser torturado.

"Ei, você não está explodindo..." O garoto olhava para o sapo admirado. Vergueiro, todo orgulhoso, tragava com mais força e contava vantagem.

"Pois é, meu jovem. É preciso saber fazer. Não é qualquer sapo que consegue fumar como eu, sabe? Se eu quiser fumar, eu fumo, se eu quiser beber, eu bebo, e não desafino. Sou o melhor cantor da região. Não há nicotina que prejudique minha impostação. Comigo não tem esse papo furado."

O garoto sorriu e continuou a conversa. "Ei, então, sabe, você tem, ou saberia dizer quem tem... um baseado?"

Acho que Vergueiro nem sabia o que era aquilo. Mas respondeu com confiança. "Hum, bem, eu me baseio nas minhas próprias experiências, a vida no esgoto, o conhecimento do underground."

Eu via toda aquela cena com água na boca. Porque o álcool havia aberto ainda mais o meu apetite. Aquele garoto novinho, carne macia, tornozelos à mostra, ai! Que vontade de morder! Ele percebeu minha presença. E perguntou a Vergueiro sobre mim.

"Ele morde?"

O sapo respondeu sem hesitar. "Não, ele é bonzinho."

Bonzinho? Bonzinho era o Brás! Mais um pouco e o garoto passaria a mão na minha cabeça. Pois que viesse, eu daria uma bela dentada. Dedinhos finos, frango a passarinho. Ele não era como os outros garotos — mais calmo e mais controlado, mais claro e inteligente. Tinha olhos dourados, cor de mel. Eu imaginava se deles pingariam lágrimas doces quando eu os mordesse. Favos, própolis, geleia real.

"Meu nome é Artur, Artur Alvim", disse ele.

"Vergueiro", o sapo respondeu.

Se cumprimentaram com a cabeça e continuaram a fumar, assistindo ao velho Tiradentes ser jogado no chão. Eu me aproximei de mansinho e avancei para o pé do menino. Ele foi mais rápido e deu um pulo para trás. Ah, como pude falhar? Só podia ser efeito do álcool.

"Ei, seu esfomeado!", disse o piá.

"Comporte-se, amigão. Não é todo dia que recebemos visitas. Ainda mais de alguém que me acende cigarros. Trate bem esse jovem aqui."

Eles acenaram mais uma vez com a cabeça um para o outro e a sacudiram para mim em reprovação. Acrescentaram até um "tsc-tsc". Eu me senti um pouco envergonhado, mas não insisti. Teria ainda mais vergonha se errasse o alvo novamente. Me preparava para sair de fininho, quando ouvi um tibum na água.

"Veja só, o velho Tiradentes finalmente afundou. Por que não dá umas dentadas nele?", me aconselhava o sapo.

"Eu não gosto de carne marinada", me justifiquei.

"Eu não gosto de carne marinada", Artur Alvim me imitou, zombando.

Os dois riram da minha cara. Aquilo já estava indo longe demais. "Bem, amigão, o que eu nunca pensei era que você fosse chegado a garotinhos", o sapo zombou de mim e os dois riram novamente.

Virei as costas e resolvi sair dali. "Quando você bebe, você fica chato demais", disse eu.

Os dois continuaram rindo enquanto eu ia embora. Ouvi Vergueiro gritar ao longe: "Fique aqui, amigão. Tome umas brejas com a gente."

Muito desfrutável da parte dele. Ficar amigo do primeiro galopim que lhe acendia um cigarro e juntar-se a ele para caçoar de mim. Percebi que os anfíbios tinham o sangue ainda mais frio do que nós. Batráquios! Aquela pele pegajosa, o papo furado, tudo para nos conquistar e se proteger. Ah, mas eu poderia engoli-lo de uma só vez! Se bem que... ainda não contei para vocês. Tive um irmão que morreu ao engolir um sapo envenenado. É preciso tomar cuidado com essas pestes. Eu não ousaria me arriscar.

E quanto ao guri, Artur Alvim? Estranhava ele nos aceitar de forma tão natural, caminhar no esgoto com tamanha tranquilidade. Deveria ao menos estar pasmado de ver um sapo fumando. Deveria embasbacar-se de falarmos sua língua. Não se admirava que conversávamos com ele? Não, eu não entendia. Mas com o tempo compreendi. Nosso comportamento era perfeitamente comum, completamente normal, totalmente aceitável para quem estava normalmente entorpecido. Mais um delírio infantil, como em todas essas histórias em que crocodilos choram e sapos se transformam em príncipes.

Então fui nadando pelas galerias escuras, pensando em tudo aquilo, trombando com algumas garrafas de cerveja, indo em direção à Santana. Ela não era de falar muito. Não era tão carinhosa como Brás nem divertida como Vergueiro, mas era nobre. Ao menos eu sabia que com ela o tom da conversa seria sempre elevado. E lá a encontrei, no lugar de sempre, no fundo de uma câmara, encaixada num canto, banhada levemente pelas águas. Percebi que ela também tinha pego suas cervejas, ou ao menos as cervejas haviam chegado até ela. Avançavam para sua boca aberta e batiam em seu latão. Fiquei um pouco desapontado. "Puxa, Santana, até você. Não sabia que era de beber." Mas eu não podia ser tão rigoroso. Afinal, a bebida praticamente saltava para dentro dela.

Era engraçado. Estávamos todos tão mergulhados em produtos químicos. Remédios, doenças, alimentos industrializados. Mas umas garrafas a mais faziam toda a diferença. As garrafas a mais de álcool mudavam completamente o composto do caldo. Ou seria a interferência nos medicamentos? Os produtos químicos, combinados ao álcool, potencializavam os efeitos um do outro, quebravam o equilíbrio hipócrita em que estávamos estabelecidos. Ah, naquelas horas eu sentia falta da fonte cristalina da minha infância... mas só um pouco. Já ouvi comentários ingênuos questionando nosso apego à água. Nós, os jacarés, que só sabemos submergir. Ora, não estamos todos assim neste planeta? Talvez o apetite existencial em que vivemos seja apenas uma tentativa de equilibrar o sólido com o líquido que nos inunda. Descendo a corrente. Quem se sente seguro no seco é porque carrega litros e litros consigo, bem diria meu amigo Vergueiro. Os seres humanos impermeáveis, 70% água, acreditam que não precisam mergulhar. Mas se tivessem essa couraça... Se tivessem a mesma placa que eu tenho, essas duras escamas, essa boca que racha sempre que eu rio, afundariam, afundariam. Nunca mais viriam à tona. Ah, tenho certeza, não ficariam apenas à margem. E, na primeira oportunidade, mergulham em álcool. Descem até o esgoto para isso. Vendem latas, catam garrafas, cheiram cola e conversam com sapos. Oh, é esse seu hábitat natural. Eu diria que o esgoto é o hábitat natural dos humanos, que tentam se livrar dele, de seu nicho ecológico, apertando a descarga como uma criança fugindo de casa. Basta a coisa apertar, um caminhão virar, para eles voltarem correndo para baixo. Recolher seus restos.

Hábitat natural. Ah, onde ficou o meu? Onde ficaram meus pais, meus irmãos, a vida de onde vim? Talvez eu esteja ficando velho, pois me preocupo com isso. Não é uma tradição crocodiliana se preocupar. Saudades? Não. Não somos gestados de maneira vivípara. Não chutamos a barriga da mãe. Bem antes, ela despeja os ovos, quebramos a casca e os laços, embora dependentes alimentares. Não temos carência, não temos cobrança. Não sofremos traumas nem reclamamos da falta de psicologia infantil. Os instintos são melhores guias do que os analistas. Não precisamos que digam o que devemos comer. Veja então os conceitos da psicanálise, todos tão restritos, tão humanos, tão mergulhados em produtos químicos. Como se só os humanos pudessem pensar. Complexo de Édipo, síndrome da castração, como se só os humanos pudessem existir. E insistir. O que diria Laplanche sobre uma mãe que carrega seus filhos dentro da boca? O que diria sobre mim, que tenho tanto mais a digerir? Ah, quero voltar a mergulhar... e desaparecer.

No meu hábitat original não havia crises, embora houvesse conflitos. O sol se punha sempre no mesmo dia. A chuva caía sempre no final da tarde. As piranhas pareciam todas iguais e os alimentos ainda não haviam sido enlatados. Talvez o sol fosse forte demais, talvez aqui é que seja muito frio. Não dava para pensar em tantas besteiras, não dava para abstrair. Apenas contemplar, esperar, digerir. A vida como uma longa mastigação. Tantos odores a mais. Tantas sutilezas nos odores. Aqui somos obrigados a confiar na visão, em palavras, contratos e apertos de mão. Lá bastava sentir o cheiro para saber se era *to be or not to be*.

Por que saí dos pântanos em primeiro lugar? Por quê? Adolescência. Minha cauda se prolongando e me levando mais longe. Os rostos todos iguais dos meus parentes. Uma vontade de sofrer... de conhecer a fome, a vida, a morte. Uma vontade de esvaziar meu estômago, como uma excitação anoréxica, só para depois comer com mais prazer. Guardar espaço para a pizza, olhos de sogra, bochechas de padre, barrigas de freira. Talvez eu só quisesse me preocupar, agora me questiono. Agora me questiono, mas, se tivesse ficado, teria me arrependido de não sair. Talvez não. Talvez tivesse perdido a capacidade de questionar, com o sol queimando minha cachola, os jacus fazendo cócegas em minha barriga. Os mosquitos à noite me fazendo fechar os olhos e esquecer, esquecer...

Hum... estou me tornando bucólico, não? Isso é que é ser bucólico? Veja só, logo eu. Logo eu que renunciei a tudo pelo meu posto, renunciei a tudo pelo esgoto, agora volto ao brejo pela nostalgia. É nisso que dá minha convivência humana. Mas me veio uma ideia interessante agora em mente. É o esgoto que deságua no rio. É o submundo que chegou até mim. Sim, eu posso ter seguido a direção contrária, subido a correnteza, mas apenas fiz o inverso de um percurso natural. Do campo ao esgoto, do esgoto ao campo. Aqueles que buscam o campo, pegam seus ônibus e passam por cima. Está tudo errado. Deveriam mergulhar, afundar, seguir a correnteza e ser levados até onde eu vim. Se jogar na privada. Descer pelo ralo. Nadar entre latas para terminar onde eu comecei. Isso sim.

Mas eu ainda não terminei, estou apenas começando. A verborragia que me excita é fruto da minha longa bocarra, que adestrou minhas palavras escritas. Escrevo como penso. Penso como falo. Falo como se mastigasse palavras entre meus inúmeros dentes afiados. Ah, mas acho que há um parágrafo preso entre eles...

Com todo aquele álcool na água, fiquei morrendo de fome. Me lembrei de que já era quase hora de subir para ver Ana Rosa. Os sapatos de crocodilo apontando para mim. Yakissoba no final do dia. Não era a refeição ideal, longe disso, mas valia pela garçonete... Bem que poderia ter uns pedacinhos de carne. Bem que poderia ter uns pedacinhos de gato. Tinha uns pedacinhos de frango e Ana Rosa. Ana Rosa me servindo, deixando seu perfume entre os fios do yaki que massageava minha língua. Fui subindo as galerias, me dirigindo para a boca de lobo, procurando por ela, quando ouvi um grito estridente em minha direção.

"Ei, camarada, aonde pensa que vai?"

Olhei ao redor, procurei bem, e tive dificuldade em encontrar um pequeno rato, camuflado em seu cinza contra o concreto. "Você está falando comigo?"

"Com quem mais?! Aonde você pensa que vai?"

"Eu não preciso dar satisfações a você."

"Aí é que você se engana, camarada. Essa passagem está bloqueada. Agora controlamos todas as entradas e saídas. Acabou a farra."

"Farra, que farra?"

"Essa história de ficar gente entrando e saindo sem pedir permissão, derrubando coisas aqui, vindo buscar. Agora controlamos as vias de acesso, cobramos pedágios, e organizamos um Achados e Perdidos para os objetos que caem aqui embaixo."

"Isso é ridículo. Eu vou passar."

"Olha, estamos fazendo isso para o seu próprio bem. Para a segurança dos habitantes do esgoto. Se você insistir em passar, vamos ter de multar você."

"Pois então que multe. Não canse minha beleza!"

Segui em frente. Não levei a sério aquela brincadeira de mau gosto.

Cheguei bem a tempo de os crocodilos nos pés acenarem para mim. Seus sapatos de salto. Suas unhas compridas. Na maioria das vezes, não conseguia ver muito além disso. Ana Rosa, à beira do bueiro, só me deixava ver seus pés e tornozelos. Quando se abaixava para jogar yakissoba para mim, eu via suas lindas unhas pintadas de preto. Seu rosto era raro, raro eu ver. Mas eu podia imaginar. Pela curva da tíbia, suas sobrancelhas arqueadas. A quebra da unha no risco do olho. O tendão dobrando-se como a boca que mastiga, a boca que sorria, sorria para mim, numa boca de lobo.

Isso valeria qualquer multa que os ratos me mandassem. "Você está apaixonado, amigão", zombava Vergueiro. Talvez não zombasse, comentasse. Talvez sempre o tivesse feito, sempre tivesse zombado de mim. Mas eu só passei a ver as coisas por um ângulo menos positivo depois que ele se tornou amigo daquele piá, o Artur Alvim.

Eles não só fumavam juntos — cigarro e marijuana —, Artur Alvim também trazia crack, cola, Vergueiro cheirava. E vocês podem imaginar uma coisa mais chata do que um sapo com bad trip?

Artur Alvim era chato de qualquer maneira, sóbrio ou inebriado. Guri arrogante, daqueles tipo prodígio, que sempre têm uma opinião a dar ou um caso mais interessante para contar. Baita de um bangolé! Era engraçadinho sim, mas eu não achava graça nenhuma. Meu único interesse era provar um pouco daquela carne, que permanecia a mais tenra da região.

Para tornar tudo mais nojento, Artur Alvim beijava a cabeça de Vergueiro. Dizia que tinha propriedades alucinógenas. Mas o garoto só tinha coragem de fazer isso quando já estava totalmente chapado de tudo, então nunca poderia saber se o sapo realmente contribuía com a viagem. Eu dizia que não. Que essas propriedades alucinógenas só existiam em sapos selvagens, tipos raros. Vergueiro era um sapo urbano dos mais comuns, cururu. Ele ficava ofendido. Falava que eu estava com ciúme. Artur Alvim dizia entender tudo de sapos: "Assisti no National Geographic." Desde quando um menino de rua assistia àquele tipo de coisa? "Ora, as lojas de departamento existem para quê?" Eu parava de insistir. Tudo aquilo me enojava. Como Artur Alvim podia lamber aquela pele viscosa? Qualquer dia, ele daria um beijo na boca do Vergueiro. E, de tão alucinado, acreditaria que beijara um príncipe.

Eu, que não beijava nem comia ninguém, ia conversar com Santana. Mas ela também estava diferente. Depois do ataque das cervejas, havia se tornado uma alcoólatra. As cervejas entravam por sua goela e nunca mais queriam sair. Eram centenas de garrafas que se acumulavam em seu interior, tornando-a cada vez mais pesada, mais rouca e mais obscura.

O que eu podia fazer? Tentei alertá-la sobre os perigos do alcoolismo — ainda mais para alguém como ela, em idade avançada, não no melhor estado de saúde, nem de conservação. Ela não se importava. Talvez fosse uma escolha autodestrutiva. Não encontrava mais razão para viver. Eu queria convencê-la do contrário, dos meus sentimentos, da nossa amizade, mas eu mesmo não achava que era o suficiente. Eu não queria me comprometer. Eu não poderia me entregar a uma lata velha. Ainda mais com os sapatos de Ana Rosa apontando para mim todo final do dia...

Então, na minha solidão, me encostei num canto e tentei dormir. Sem sono, a água subia e descia das minhas narinas como ondas de inconsciência, sempre me trazendo de volta o ar da realidade, a vida submersa. A água subia mais um pouco, eu afundava um pouco mais e via o mundo pelo tom desfocado da submersão. Como ondas de sonhos para quem não consegue dormir. Eu não tinha sono, tinha fome, tédio, tentava me afastar dos programas viajando a seco, mergulhando, alucinando-me em meus próprios pensamentos, sem aditivo algum para ajudar.

Nessas horas é fácil entender a fuga de todos nós. Garotos afundando no esgoto, crianças beijando sapos, sapos cheirando cola, mendigos bebendo cerveja. Afinal, todos os prazeres são orais... e é possível recorrer a alguns para esquecer os outros, como se entorpecer para esquecer do jantar. Empinar o nariz em outra direção para esquecer as batatas da perna do colega... Perguntar ao pó...

Acho que meu problema é ser racional demais, nadar contra a correnteza, duelar com a natureza, não aceitar o que o destino me reservou. Meus impulsos vitais não podiam ser satisfeitos, meus desejos eram maiores do que eu podia explicar. Pois se o que importava mesmo era a fome, e o desejo, eu teria ficado tranquilo e satisfeito no meu hábitat natural. Então o que me fez nadar até essa alucinação? O que havia de irracional no meu destino que eu não poderia chamar de natural? Até que ponto minha racionalidade entrava em choque com um destino natural, um destino irracional?

Afundando-me nesses devaneios — e finalmente quase caindo no sono — vi Brás se aproximando de mim. Pelo menos ele continuava fiel. Me ofereceu um longo osso, um fêmur, abanou o rabo e saiu correndo novamente. Voltou logo com outro osso, uma omoplata. E um maxilar. Em seguida uma vértebra. Perônio. Eu poderia montar um esqueleto inteiro com as peças do quebra-cabeça que ele me trazia. "Onde você encontrou tudo isso?"

Quando trouxe o último osso, um rato veio correndo e protestou: "Essas peças são do Achados e Perdidos. Você não tem permissão para tirá-las de lá!"

"Que bobagem é essa?", disse eu. "É só um esqueleto, não pertence a ninguém. Deixe o cachorro em paz."

"Daí é que você se engana, camarada. Esse esqueleto está sob nossa tutela. Nós é que nos encarregamos de tirar as roupas, separar a carne dos ossos e limpar todos os pedaços. Você pode ir ao Achados e Perdidos, reclamar a propriedade e pagar uma taxa. Mas, até lá, nós ficamos com ele."

"O que você quer dizer? De quem é esse esqueleto?"

"Por enquanto ele é propriedade da Administração."

Não era isso que eu havia perguntado. Mas eu sabia a resposta. Aquele era o esqueleto do velho Tiradentes, claro. Ele havia se afogado no dia da cervejada, e os ratos se encarregaram de limpar seus ossos. Agora comercializavam seus restos. Capitalizavam até restos humanos, vejam só.

Antes que eu pudesse protestar, veio outro correndo, e mais outros, e centenas de ratos vieram e levaram os ossos embora. Brás latia em vão. Eles eram mais rápidos do que ele e mais rápidos do que eu. Logo o esqueleto havia partido para a escuridão das galerias infinitas. Um camundongo voltou correndo com um papel e me entregou. Era aquela multa por ter ultrapassado o bloqueio das bocas de lobo.

A vida lá embaixo ficou bem mais difícil com o controle dos roedores. Já não se encontravam tantos restos de comida. Não recebíamos tantas visitas de cachorros perdidos. Eu tinha menos chances de encontrar possíveis presas. Muitas das bocas de lobo foram bloqueadas com sacos de lixo pelos ratos, para ninguém de fora entrar e ninguém de dentro espiar a vida lá fora. Claro que eu não ligava para as multas que continuavam vindo, mas ainda precisava comer. Os ratos podiam ser menores, mas eram muitos. E organizados. Conseguiam pouco a pouco dominar o cenário.

O cúmulo veio num dia em que os encontrei rolando Santana. Centenas de ratos empurravam-na pelas galerias; ela fazendo um estardalhaço. Gritava coisas sem sentido, pobre Santana, já estava tão entregue à bebida. Tive de interceder por ela. "Para onde vocês a estão levando?"

"Ela é propriedade do Achados e Perdidos. Estava obstruindo uma passagem das galerias. Se você quiser ficar com ela, pode reclamar propriedade e pagar uma taxa."

Vejam só, que picaretagem! Para esses roedores tudo era dinheiro. Como podiam capitalizar minha pobre amiga tão fragilizada pelo alcoolismo?! Aquilo já estava indo longe demais. Resolvi tomar providências.

"Quero falar com a Administração."

"Muito bem, preencha uma requisição e aguarde uma audiência."

"Não vou preencher nada! Desde quando ratos sabem ler? Vocês sabem?"

Eles se olharam um pouco envergonhados. "Não, mas a Administração sabe. Nós apenas entregamos os formulários."

Comecei a perceber que o esquema não era tão profissional assim. Eles apenas obedeciam a uma voz superior. Mas, como estavam em grande número e não respondiam individualmente, não poderiam assumir todas as responsabilidades. Resolvi blefar.

"Pois então, vocês nem leram o último comunicado da Administração dizendo que eu poderia encontrá-los quando fosse mais conveniente para mim."

Os ratos se entreolharam novamente e me desafiaram. "Você não recebeu nenhum comunicado desses. Você só recebeu multas."

"Como vocês sabem? Por acaso leram o que estava escrito nos papéis que me entregaram?"

Ao perceber meu blefe, se irritaram. "Escute aqui, camarada. Não tente enrolar a gente. Sempre que recebemos alguma mensagem para entregar somos informados do que se trata."

Hum... eles eram analfabetos, mas não eram burros. Roedores. Não é tão fácil assim convencê-los. Aqueles dentes crescem infinitamente e eles precisam roer nossas carcaças para preservar seus orgulhos. Era por isso que tinham esse espírito tão mercenário. Mas eu contra-argumentei: "Pois o rato que me entregou o comunicado havia sido avisado. Eu posso até descrevê-lo. Era um rato assim, pequeno, meio cinza, com um rabo comprido."

Entreolharam-se, todos pequenos, cinza e com seus rabos compridos. Não admitiriam que eram iguais, que era impossível diferenciá-los. Mesmo porque, cada um deles deveria se achar muito diferente, com traços próprios, como acontece entre os humanos orientais... Só sei que um passou a jogar a responsabilidade no outro, trocavam acusações de negligência e incompetência, até que concordaram em me levar ao chefe da Administração.

Lá fomos nós: eu, os ratos, Brás e Santana logo atrás. Ela continuava fazendo um barulho tremendo, mas acho que não podia evitar.

"Vamos ver o que esses ratos estão planejando", pensava eu. "De repente, vai ser melhor para ela..."

O caminho não era nada surpreendente, as velhas esquinas das galerias. Mas era como o segredo de um cofre, cada curva certa na hora devida, virando à esquerda, depois duas à direita, seguindo em frente, chegando até um grande salão. Era iluminado pela luz da lua, pois acima dele havia uma grade que dava para a rua. Quem passasse lá em cima e olhasse para baixo poderia nos ver, mas acho que não via, pois não havia ninguém passando naquela hora para olhar. Era alta madrugada. E todos os humanos deviam estar dormindo.

"Quem ousa entrar sem hora marcada?" — era uma voz estridente que vinha do canto da sala.

Os ratos se desculparam com medo. "Desculpe-nos, Patriarca, mas ele disse que tinha permissão..."

"Incompetentes! Podem ir embora, então! Não quero mais ver nenhum estranho aqui, entenderam? Voltem a recolher as pipocas da última sessão."

Os ratos bateram em retirada e ficamos nós três no salão: eu, Santana e Brás, escutando aquela voz estridente que não conseguíamos identificar de onde vinha.

"Aqui, senhores, aqui no canto do salão."

Nos aproximamos e percebemos uma figura no único canto não iluminado pela lua. Chegando bem perto, podíamos ver. Era um esqueleto, um esqueleto completo que falava conosco.

"O que vocês querem comigo?"

Desconfiei da coincidência. Não haviam levado o esqueleto de Tiradentes poucas semanas antes? Era evidente que aquilo tudo era uma armação.

"Não venha com essa. Eu sei que esse é o esqueleto do Tiradentes. Quem é que está falando por ele?"

"Não tem Tiradentes nenhum aqui. Meu nome é Patriarca. E sou muito ocupado, falem logo o que vocês querem e deem o fora daqui."

Que palhaçada! Nem sabiam armar direito a farsa. Quando o esqueleto falava, a boca não se mexia. "Então por que quando você fala sua boca nem se mexe?"

O esqueleto ficou quieto. Devia estar refletindo. Mas, com aquela cara de caveira, parecia estar permanentemente sorrindo.

"Trabalhei muitos anos como ventríloquo, posso falar sem mexer o maxilar. E eu estava jantando, não mastigo de boca aberta. Aliás, vocês interromperam minha refeição, não sou obrigado a dar satisfações!"

Isso podia ser. Ele tinha mesmo voz de boneco de ventríloquo. E aqueles olhos vazios de caveira... me davam um certo arrepio, mas nem tanto. Se os esqueletos assustam os humanos pela representação da morte, da degradação do corpo, para nós, jacarés, simbolizam a fome, ossos sem carne, o fim da vida. Estão praticamente no nosso inconsciente coletivo — se posso falar assim sobre jacarés — tantas experiências de seca, nas quais tudo o que encontrávamos eram carcaças de animais mortos, e animais vivos que eram pouco mais do que esqueletos móveis. Aliás, aquele também poderia ser o esqueleto de um homem faminto, Tiradentes, depois que os ratos começaram a interceptar os restos que chegavam ao esgoto. Sem ter mais o que comer, ele definhou e se tornou aquele fantasma autoritário. Sabe-se lá o que a fome pode fazer com humanos como ele. De repente, ao contrário de Maomé, como Gandhi, a fome é que lhe trouxe a verdadeira iluminação. Agora jantava e dizia besteiras sem mexer a boca. Eu precisava rever meus argumentos...

Mas se o esqueleto representa fome e morte para nós, humanos e jacarés, para os cachorros pode representar algo mais apetitoso. Um banquete de ossos. Brás latia para ele. Então arrancou um fêmur e começou a roer.

"Ei, devolva esse fêmur aqui!!! Esse fêmur é meu!!!"

Foi só então que percebi um pequeno esquilo logo ao lado do esqueleto. Era ele quem falava. Mexia o focinho e espumava de raiva. A farsa estava desfeita.

"Ah-há, então é você que está fazendo a voz de ventríloquo do esqueleto!"

Eu acreditava ter desmontado aqueles ossos, mas o esquilo ficou me olhando como se não entendesse. "Que voz do esqueleto? Desde o começo estou falando diretamente com vocês. Não tenho culpa se vocês não tiram os olhos desse Zé Magricela aí. Eu gosto de falar olhando olho no olho, meu caro." Hum... tudo bem, podia ter sido um mal-entendido. Ou talvez ele quisesse mesmo nos passar a perna (e o fêmur). O importante é que agora estávamos olho no olho. Eu falava com Patriarca, o líder daquela corja de ratos. E ele era apenas um deles, um ratinho caipira.

"Mais respeito! Caipira são os outros. Minhas raízes podem ser rurais, mas isso só me orgulha. Fui criado de forma mais saudável. Sou um roedor bem-nutrido. E, além do mais, sou o único que sabe ler aqui. E o único com capacidade organizacional para comandar algo de positivo. Estou tentando colocar as coisas nos eixos. Não admito que um lorpa grandalhão como você me critique!"

Ele estava pedindo uma dentada. Só que poderia ser rápido demais para mim, muito pequeno, ágil; se eu não conseguisse engoli-lo, seria uma humilhação. Achei melhor dialogar.

"Mas quem disse que o esgoto precisa de organização? As coisas iam muito bem antes de vocês começarem a mudar tudo, bloquear as entradas, cobrar multas..."

"As coisas iam muito bem? Bem, as coisas até poderiam estar indo muito bem, sim. Mas é como um organismo vivo. Ele precisa ser exercitado para se manter em forma. Não dá para esperar que as coisas continuem em ordem seguindo apenas o curso natural. É preciso uma intervenção, uma organização, uma administração em prol do social. Do jeito que as coisas estavam indo, com derramamento de cerveja, invasão de mendigos e garotos de rua, isso logo ia virar um parque de diversões. Se nós deixássemos, aqui logo se construiria uma nova filial da Disneylândia!"

Olhei bem para a cara dele para ver se estava rindo. Não estava, o esqueleto é que continuava mostrando os dentes. Não era brincadeira. E até fazia um certo sentido. As coisas realmente estavam saindo dos eixos. Mas, para mim, parecia que a atuação dos ratos só fizera tudo piorar. Como eu poderia garantir minha sobrevivência? De repente, eu só teria de me aliar a eles. Oferecer meus serviços. Com certeza minhas enormes mandíbulas poderiam ser de alguma serventia. Havia também algo que eles poderiam fazer por mim...

"Eu acho é que vocês não têm sido muito eficientes. Os garotos de rua continuam entre nós. Veja por exemplo o caso daquele menino, o Artur Alvim. Ele continua circulando por aqui, trazendo tóxicos, desviando o comportamento dos moradores..."

"Não, ele é diferente. Artur Alvim é nosso cliente e fornecedor."

"Cliente? Fornecedor?"

"Sim, ele colabora com o Achados e Perdidos. Traz mercadorias, contribui com o comércio, além de ser um comprador assíduo de crack e cola."

Desgramado! Então Artur Alvim era um aliado dos ratos. Bem que eu sempre desconfiara dos seus incisivos. Logo Vergueiro também passaria para o lado deles, se é que já não havia passado.

"E onde ficam todas essas coisas, essas coisas que vocês vendem? Onde fica o Achados e Perdidos?"

Patriarca apontou para o esqueleto. "Logo aqui."

Percebi que atrás de Tiradentes havia uma porta. E era lá que guardavam tudo o que recolhiam. Por isso usavam o esqueleto, para assustar os invasores. Evitar que os humanos entrassem no depósito. Aquele esquilo era mesmo muito inteligente. Como eu poderia fazer o jogo dele?

"Como vocês esperam que nós paguemos todas essas taxas, multas e compremos seus produtos se vocês fecham todas as entradas e nos impossibilitam de conseguir bens para troca? Deviam abrir as fronteiras para o livre comércio, deixar que os clientes venham até vocês, que nós possamos adquirir dinheiro..."

"Ora, meu caro, não seja liberalista! De certa forma, as entradas continuam abertas. As tubulações continuam trazendo todo o tipo de coisas que escorrem pelos ralos e privadas dos seres humanos. Só que nós temos de inferir, interceptar, selecionar. Se você tivesse ideia da quantidade de entorpecentes que apreendemos... São mães de viciados que jogam comprimidos pela privada, traficantes que tentam se livrar da prova do crime, supositórios que escapam numa crise do intestino. Além disso, há todas as moedinhas que rolam pelas ruas, caem nos bueiros, afundam nessas águas. Sempre sobra alguma coisa. É só você se esforçar um pouco para conseguir seu sustento. Nós não damos conta de recolher tudo. É por isso mesmo que precisamos manter o comércio fluindo..."

Como eu poderia competir com os ratos? E ainda ratos liderados por um esquilo! Eles eram menores, mais rápidos, podiam localizar objetos e recolhê-los com muito mais eficiência do que eu. Injustiça. Exatamente por isso estavam no poder. Eu precisava arrumar uma solução.

"E se eu não pagar suas multas, o que vocês podem fazer?"

"Meu caro, você sabe que as multas são para o seu próprio bem, para manter a lei e evitar o caos. Se você não paga, está prejudicando nosso trabalho e a si mesmo. Além disso, deixa de participar do comércio. E temos cada vez mais contribuintes, clientes, fornecedores, indivíduos recolhendo objetos para trocar conosco. Se você ficar de fora, vai acabar sem ter nem o que comer."

Lazarento. Aquilo era uma ameaça velada. Como eu poderia permitir um sujeitinho desses no poder? Pensando bem, apenas sujeitinhos como esse é que ficam no poder. A vontade de governar, a arrogância de achar que tem a chave para a organização social, a ilusão de que a sociedade pode ser governada, só poderia mesmo vir de um animal assim, com o cérebro espremido dentro de um minúsculo crânio, uma enorme fome espremida dentro de um minúsculo estômago.

"Não tenho muita fome mesmo", eu disse. "Aliás, acho que estou precisando de uma dieta." Menti em desdém e nadei para fora daquele salão iluminado. Santana ficou lá, sem dizer uma palavra. Quando eu ia saindo, ainda ouvi aquela voz de ventríloquo falar para mim:

"Tudo bem, faça como achar melhor. Mas não se esqueça de que sempre é tempo de reconhecer os erros, pagar as dívidas e entrar no esquema."

Ah, a ira. A ira abria ainda mais meu apetite. Eu não podia nem enganar o Patriarca, muito menos a mim mesmo. Meu estômago gritava.

Precisava comer. Sonhava com um garoto gordinho entre meus dentes. Hum... coxas grossas, maçãs do rosto, palitando meus dentes com suas unhas, cabelos compridos como fios dentais. Ah... Então encontrei Vergueiro. Finalmente estava sozinho. Abriu o sorriso receptivo de sempre. Fumava um cigarrinho fedido de cravo. "E aí, amigão, como andam seus sapatos de crocodilo?"

"Vergueiro, tenho algo sério a lhe dizer. Você precisa tomar cuidado com esse garoto com quem você anda, o Artur Alvim. Ele está trabalhando para os ratos..."

"Sim, sim, eu sei, mas qual é o problema?"

"Qual é o problema?! Eles estão dominando tudo por aqui, Vergueiro! Não deixam nem mais eu me aproximar das bocas de lobo. Cobram multas. Fora que estão recolhendo todos os objetos que encontram e vendendo como se fossem deles. Tá tudo dominado!"

"Ora, meu amigo, você e suas teorias conspiratórias. Deixe disso. Eles estão botando ordem na casa. É ótimo que recolham os objetos, deixam o esgoto mais limpo. Além do mais, agora posso comprar cigarros novinhos, inteiros, sem ter de sair à rua. Veja só, estou até fumando cigarros de cravo!"

"Ah, Vergueiro, você já foi enrolado por eles. É esse garoto que está enganando você. Não se deixe dominar."

"Olha, você está muito paranoico. Isso é bem coisa de réptil..." Aquilo sim me indignou. Coisa de réptil? Como ele podia generalizar assim?! E, além do mais: "O que é que você entende de réptil? Já viu algum réptil na sua vida? Você é sapo urbano, nunca viu réptil nenhum além de mim!"

"Não venha com essa. Já vi muitos répteis, já tive vários amigos répteis até."

"Que répteis? Me diga, que répteis? Fale um!"

"Lagartixas, tartarugas, várias delas. Até já dividi aquário com uma tartaruguinha d'água uma vez. Um pouco lerda, mas gente boa..."

"Bah, tartarugas, lagartixas?! Isso nem chega a ser réptil, são anfíbios presunçosos."

"Tudo bem. Então eu te aviso quando eu vir um réptil de verdade."

A conversa partia para a ofensa. Era melhor parar enquanto fosse tempo. Não queria perder de vez a amizade do único ser com quem eu ainda conseguia conversar. Tentei melhorar o clima. "Deixa pra lá. Me arruma um cigarro desses aí."

"Tem alguma moeda? Você sabe, nada neste mundo é de graça..."

Estava feito. Vergueiro já havia se tornado um completo capitalista. Eu só não sabia se isso era fruto da convivência dele com os humanos ou com os ratos. Encerrei a conversa e nadei para as profundezas da minha própria solidão.

Se nem todas as profundezas podem ser solitárias, nenhuma solidão chega a ser rasa, não é mesmo? É como um naufrágio sem colete salva-vidas, impossível permanecer emerso por muito tempo. Logo acabamos sendo puxados para a escuridão de um fundo sem fundo, e manter o nariz para fora é um esforço que não vale a pena, pois traz tanto sofrimento quanto afundar. Melhor sofrer sem esforço. Digo isso como jacaré, mas não é muito diferente dos humanos. Não se esqueça de que eu também dependo de pulmões, e embora minha capacidade e minha resistência sejam maiores, isso não faz muita diferença nos longos períodos solitários de um naufrágio. Logicamente, eu nunca naufraguei, nem você, mas o inconsciente coletivo nos indica como deve ser. Principalmente se nós passamos por essas terríveis enchentes urbanas, que atacam tanto os subterrâneos quanto as avenidas principais. Chuvas que nos obrigam a submergir mesmo quando nos sentimos emergentes. Quando queremos manter o nariz empinado e os pés secos, a água sobe para nos lembrar que não há grau de inclinação suficiente para manter nossos pulmões secos. Que pena. Entretanto, no estado cabisbaixo em que eu vivia, uma enchente era o que menos podia me preocupar. E até a recebi com certa alegria, quando março veio nivelar nossos sonhos. As chuvas torrenciais do período. Todos os moradores do esgoto estavam acostumados a lidar com elas. Vinham e iam, levavam, terminavam limpando todos os detritos e os resquícios daquilo com que não lidáramos. Daquela vez foi um pouco diferente. Diferença pouca, perfeitamente compreensível, mas que podia ser tida como catástrofe. Uma chuva torrencial que inundou ruas, afogou humanos e deixou as galerias completamente inundadas. Eu sabia que viria. No fundo, todos nós sabíamos. Começou com os raios e trovões que podiam ser sentidos lá debaixo. A eletricidade correndo pelos canais. Via os ratos de um lado para o outro, nervosos, antecipando as gotas que viriam. Eu sorria secretamente. Agora veríamos quem tinha o comando. Veríamos até onde o comércio prosseguiria, quando a natureza se restabelecesse. Não adiantavam esqueletos e portas. Não adiantavam galerias e concretos. A água entraria por onde quisesse. E nosso mundo novamente estaria submerso.

Vergueiro fumava seu último cigarro em preocupação. O nível da água subindo rapidamente. "A chuva deve estar brava lá em cima." Víamos as cachoeiras descendo pelas bocas de lobo. Os canos mais vigorosos do que o comum. Os ruídos dos pneus mais rápidos sobre o asfalto, apressados, tentando fugir de um destino inevitável. Logo a água estaria em volta de todos nós. E eu achava que não havia por que me preocupar.

"Não há por que se preocupar, Vergueiro. Você deveria até estar feliz. É um sapo, animal aquático. Por que não sai lá fora para cantar?" Mas agora Vergueiro raramente cantava. Fingia ser "um sapo de negócios". Seu relacionamento com Artur Alvim só fortaleceu seu gosto por cigarros, ressaltou seus vícios humanos, enfraqueceu suas qualidades anfíbias. Pouco sobrou daquele girino, aquele ínfimo anfíbio que ansiava por colocar suas patinhas de fora. Nada melhor do que uma boa enxurrada para trazê-las de volta, pensava eu. Nada melhor do que uma boa chuva para apagar os seus cigarros.

O que eu nem queria saber — e no que eu não queria pensar — era do Artur Alvim, garotos de rua, sendo afogados pela enchente que vinha. Que desenvolvessem nadadeiras de golfinhos, rabos de sereia, mamíferos burros, que mal sabiam lidar com a água dentro deles. Será que é nisso que Vergueiro pensava — crianças afogadas, barracos destruídos, cola diluída, pedras desperdiçadas? Nós, animais, por que iríamos nos preocupar? Tapássemos nossas respirações e seguíssemos a correnteza. Obedecíamos apenas a lei da natureza.

A maré foi subindo e logo chegou ao teto das galerias. Estávamos submersos. Não havia mais nada a fazer. Junto ao nível elevado, vinha a correnteza, o lixo das ruas, que rato nenhum poderia recolher. Eu comemoraria o afogamento de milhares deles, não soubesse eu que eram tão espertos, e que sempre davam um jeito de sobreviver. Não havia mais corredores. Estávamos num agitado oceano doce, em que dejetos e tóxicos eram dissolvidos. Água do céu, tornava tudo embaixo mais transparente, as vontades menos possíveis. Tínhamos de nos submeter à natureza e ir aonde ela quisesse nos levar. Deixei de me segurar e simplesmente fui.

Trancando a respiração, abrindo os olhos, me deixando levar pela correnteza, até que era bonito. Centenas de ratos flutuando. O Achados e Perdidos se dispersando. Vergueiro com seu cigarro apagado, afogado, como um bom sapo. Eu suspiraria de alívio se pudesse. Mas, embaixo d'água, não podia suspirar.

Quanto tempo durou aquela enxurrada? Difícil dizer. O tempo é muito diferente embaixo d'água. O tempo é muito diferente com a respiração trancada. Eu podia aguentar muito tempo, horas e horas sem respirar, mas essas horas pareciam dias, e os dias pareciam ser apenas horas de sono, mergulhados na inconsciência não oxigenada. Minha boca ficava aberta, no entanto, sentindo nos dentes os milhares de detritos que passavam.

Pacotes de salgadinho, tetos de barracos, fraldas de crianças, bebês sem colo. Era como jogar pipoca para o alto e tentar acertar na boca — ou frequentar um darkroom —, eu engolia centenas de pedaços de nem sei o quê, nem sei por onde. Quando a maré baixou, eu estava com o estômago cheio e o espírito bêbado. Poderia fumar um cigarro para comemorar o deleite.

Vergueiro logo apareceu ao meu lado, reclamando exatamente disso, reclamando da falta de cigarros. Achei-o mais úmido e mais saltitante. Achei-o mais sapo. Mas ele não estava muito contente. "Você tem ideia de quantos cigarros devem ter sido perdidos?! E os solventes do Artur Alvim, totalmente dissolvidos. Aliás, viu o menino por aí?"

Não, eu não havia visto. E nem me importava. "Outros cigarros virão, Vergueiro, sempre vieram. Não dê importância a coisas tão pequenas."

Ele me olhou desconfiado, e para minha enorme barriga inchada. Pensou em algo em que eu mesmo não havia pensado. "Espere aí... você não comeu o menino, comeu?"

Como eu poderia saber? Tantas coisas passaram pela minha boca. De repente, aquele petiz petulante entrara direto goela abaixo e eu nem aproveitara. Hum... nem senti o gostinho de seus lábios vermelhos, *steak tartar* sendo mastigado. Mas acho que não, "acho que não, Vergueiro, eu perceberia".

"Como assim, acha que não? Não tem certeza? Não tem certeza de que comeu meu melhor amigo?!"

Melhor amigo? Então era assim? Era essa a importância que Vergueiro dava a ele, e a importância que tirava de mim? "Escute aqui, seu sapo, nós somos animais, fazemos o que temos de fazer. Imagine se eu fosse amigo de uma mosca, não a iria querer só pra mim..."

Vergueiro ficou indignado. "Mas isso é completamente diferente! Estamos falando de uma criança! Será que você não aprendeu nada nesses seus meses de cidade grande? Você não pode simplesmente sair por aí mastigando humanos!"

Não posso? "E se eles pulam para dentro da minha goela como pipocas? Não fique tão impressionado, Vergueiro. De qualquer forma, ele deve ter se afogado."

Oh, que lindo, imagine aquele rostinho rosado azulando-se embaixo d'água. Seus cabelos como anêmonas e seus tênis como uma pedra, levando Pinóquio para o fundo do mar. Conte uma mentira e entre no fundo da minha barriga. Eu precisava encontrar o corpo antes que os ratos dessem uma geral. Antes que arrancassem seus glóbulos oculares e os vendessem como bolinhas de gude, sem nem saber para que serviam. Eu precisava encontrar o corpo logo, galetos não ficam bons se deixados muito tempo fora do congelador.

Antes que eu pudesse comemorar meus próprios pensamentos, Artur Alvim surgiu de sunga. "Olá, estávamos brincando na chuva. Foi um barato."

Ahhhhhh, eu espumava de ódio. Vergueiro também parecia indignado.

"Brincando na chuva? Ora, meu filho, você nunca ouviu falar em leptospirose?" Agora Vergueiro assumia o papel de mãe, e uma mãe bem instruída. Afinal, por que tentava salvá-lo, se fumavam juntos, cheiravam cola... Já não sabia que aquele piá estava perdido? "Você está parecendo minha mãe, Vergueiro. Só se vive uma vez."

Eu, que vivia a minha única, segui nadando pelas galerias, deixando-os sozinhos. Eu deveria aproveitar para catar todos aqueles dejetos, objetos perdidos, trazidos pela chuva, antes que os ratos fizessem isso. Mas me sentiria muito humilhado com esse trabalho de gari. Resolvi apenas seguir para um local tranquilo e descansar, havia comido demais para trabalhar. E havia comido muita besteira, nada realmente nutritivo.

Quando se está no topo de uma cadeia em que a base se constitui de Cheetos, não há como se salvar.

Logo vi os ratos voltando, saindo de seus buracos, descendo os bueiros e recolhendo os restos daquela tempestade. Abarrotariam o Achados e Perdidos. Deixariam Patriarca satisfeito. Isso se ele não tivesse se afogado. Não, os esquilos sempre dão um jeito.

Pelo menos toda aquela chuva havia refrescado o esgoto. Havia dissipado os gases tóxicos e resfriado o concreto. Eu até gostava do calor. Como réptil, recorria à temperatura externa para estabelecer meu próprio equilíbrio. Mas meu próprio equilíbrio estava danificado. Se fizesse frio demais, eu ficaria deprimido. O calor me deixava preguiçoso, incapaz de pensar com clareza. Aquela enxurrada era um bom banho em minha mente, para me fazer pensar novamente. Objetivamente. Racionalmente.

O sol, há quanto tempo não o via? Raios brilhando sobre mim. Queimando minha pele, secando minha couraça. Isso é muito importante para nós. Eu diria num nível quase autotrófico. Mas talvez seja por isso — pela ausência do sol — que eu me pegasse em devaneios tão distantes da minha natureza. Sem o sol para dissolver ideias. Ah, será que Maomé nasceu numa tarde de chuva?

De qualquer forma, mesmo que o sol não brilhasse sobre nós, o sol que brilhava um andar acima modificava as coisas embaixo. Diminuía o fluxo de água que escorria, esquentava as paredes das câmaras que chamávamos de lar. Expulsava alguns parasitas que buscavam umidade e atraía outros que queriam calor.

Enquanto as paredes ainda pingavam, resolvi subir para dar uma olhada. Era uma pena que eu não tinha apetite, poderia aproveitar a oportunidade para comer algo inédito. Aproveitar que os ratos ainda estavam dispersos, que não havia nenhum por perto, que as barreiras haviam sido levadas, arrastadas pela enxurrada. Poderia visitar Ana Rosa, ver como ela andava, sapatos de crocodilo, descobrir o que restava depois da tempestade.

É como as refeições predeterminadas. Comendo sempre no mesmo horário, almoço e jantar. Mesmo que estejamos com a barriga cheia, nos sentimos obrigados a respeitar, sentar à mesa, prosseguir com o ritual. Era meu ritual visitá-la, ver o que me trazia, abrir a goela em receptividade. Estava na hora.

Mas, depois da enxurrada, ninguém respeitava. Tudo havia sido desalinhado, e as engrenagens do relógio estavam danificadas. Já não marcava o horário de sempre, o horário de vê-la; espiando pela boca de lobo, vi que a rua estava transformada.

Trânsito, água, pessoas correndo cobertas, carros parados. Não havia barracas de yakissoba. Não havia sapatos de crocodilo. Ninguém esperando por mim, os ponteiros desalinhados. Mas, como diria Eduardo Dussek: "Ela virá, tenho certeza, não me crocodilará." E logo vi seus pés — suas unhas pintadas de esmalte preto — descalços. Sim, Ana Rosa estava lá, no horário de sempre, na mesma rua. Mas já não calçava sapatos de salto. O crocodilo fugira na chuva. Ana Rosa estava descalça. Eu podia reconhecê-la de qualquer forma, eu poderia reconhecê-la mesmo perneta. O tom de pele, as veias saltadas, a curva da tíbia, o jeito de andar. Eu ouvia sua voz e reconhecia seu jeito, e ela perguntava onde estavam seus sapatos.

"Caíram bueiro abaixo. Desceram com a enxurrada. Me ajude, não posso ficar descalça!"

Ela se queixava a alguém fora do meu campo de visão. Seus sapatos estavam lá embaixo, quem sabe eu poderia encontrá-los? Quem sabe eu não poderia trazê-los de volta e mostrar meu agradecimento, começar um relacionamento, mostrar a ela que eu também me preocupava?

"Esqueça seus sapatos. Eles estão perdidos agora", uma voz masculina a aconselhava. Mas não, eu os traria de volta. Não se preocupe, Ana Rosa. Eu os trarei.

O que pode motivar mais um macho do que tentar calçar os pés de uma fêmea? Seguir seus passos, se arrastar. Subir por suas pernas, encontrar seus caminhos. Eu faria tudo isso com prazer. Mas fiquei ali parado, olhando aqueles pés descalços que apontavam para mim. Então vi uma mão que se aproximava. A mão dela, suas unhas pretas, entravam na boca de lobo, próximas à minha.

Apenas uma dentada. Roer suas unhas. Um dedinho a menos não fará falta. Escutei-a falando "Eu vou descer lá para buscar."

E, quando eu abria minha boca para recebê-la com um sorriso, senti um terrível vapor me atingir a fuça. Um terrível vapor que me queimava a língua. Afastei os olhos. Inseticida.

"Preciso dar uma dedetizada. Lá embaixo deve estar cheio de baratas..."

Ana Rosa descarregava o inseticida na minha cara. Castigava-me como um inseto, William Burroughs, embora eu ainda me sentisse como Franz Kafka. Onde isso iria terminar?

Meus olhos ainda ardiam quando vi suas pernas e suas coxas entrando nos subterrâneos. Ana Rosa lá dentro. Olhava para mim e abria a boca quase tanto quanto eu podia. "Deus do Céu, um jacaré!"

Eu já estava irritado, nem um pouco feliz com o início daquela aproximação. "Qual é o problema, você não buscava sapatos de crocodilo?"

Ela percebeu minha mágoa e se aproximou, ainda um pouco temerosa. "Você fala?"

"Só se você quiser escutar. E não precisava ter descarregado esse inseticida na minha cara."

"Desculpe", ela ficou sem graça. "É que eu tenho medo das baratas."

Não se preocupe, eu diria a ela. Depois dessa chuva estão todas escondidas. Mas eu ainda estava irritado e não queria confortá-la.

"Não vai ser fácil achar seus sapatos aqui, já te aviso. Há muito espaço para procurar."

Ela me pareceu um tanto quanto sem graça. "Veja bem, eu só ganhei os sapatos, têm um valor sentimental. Mas eu não tenho nada a ver com a morte do crocodilo, viu?"

Eu não me importava. A semelhança entre um jacaré e um crocodilo é menor do que a de um chimpanzé e um ser humano. Disse isto a ela. "Não se preocupe, não tenho nenhum crocodilo na minha família."

Ela suspirou aliviada.

"Foram todos mortos por vendedores de sapatos!"

Ela recuou temerosa. Então eu sorri. Ela percebeu que era uma piada. Não era uma boa piada, mas ok... Ela percebeu minhas boas intenções e deu uma de coitadinha, como todas as mulheres fazem diante de um grande animal. "Oh, então, por favor, me ajude. Foram um presente muito especial que eu ganhei. Preciso recuperá-los."

Havia uma chance. Havia uma chance de encontrá-los. Seria quase impossível que eu conseguisse sozinho, mas recorrendo aos ratos...

Eles poderiam muito bem ter recolhido os sapatos, e se tivessem feito isso, os deixariam no Achados e Perdidos. "Eu sei onde eles talvez estejam. Venha comigo."

Ana Rosa me deixou ir na frente. Devia ainda estar um pouco ressabiada. Talvez com medo de mim. Talvez com um pouco de medo do esgoto. Das baratas. Dos ratos. Se eu dissesse a ela que eram eles que governavam, entraria em pânico total. Não disse nada.

"Ah, meus sapatos devem estar um lixo..."

Nem tanto. O couro dos crocodilos é resistente. Principalmente à chuva, à água. Não se estraga assim tão facilmente. Mas talvez tivesse quebrado o salto. Fomos descendo,

descendo, até que ela deu um grito. "Acho que escutei um barulho!"

É claro que escutara. O que mais se escutava lá embaixo eram barulhos. Pingos d'água. Pingos da fossa. Britadeiras nas ruas. Carros passando. Ratos correndo. A petizada brincando. De uma esquina, surgiram Artur Alvim e Vergueiro, fumando seus cigarros, cheirando cola.

"Eca, um sapo!"

"Qual é o problema, nunca viu?" — Vergueiro destratava a dama. "Seja educado, Vergueiro. É minha convidada. Não é sempre que temos uma dama por aqui."

Artur Alvim riu da minha cara. "Uma dama?", disse o moleque. "Não está vendo que isso aí é um baita de um traveco?!"

Aquilo era um ultraje, como ele chamava minha musa de travesti?

"Que besteira é essa?! Diga para ele, Vergueiro, faça-o respeitar uma dama."

Mas Vergueiro mal sabia diferenciar uma perereca de uma rã. Murmurou qualquer coisa e não quis se comprometer. Artur Alvim continuou. "Haha, você é um jacaré burro mesmo. Qualquer um pode perceber. Olhe o gogó, o tamanho dos pés. Não existe mulher assim! Toque uma música da Cher aí para você ver como ela vai saber dublar."

Olhando para Ana Rosa, ela não conseguia esconder o constrangimento. Admitia a culpa: "Meu nome é Anhangabaú."

Anhangabaú? Que tipo de mulher tinha aquele nome? Artur Alvim ria. Fiquei um tanto decepcionado. Era muito mais fácil romantizar e idealizar um relacionamento com uma figura feminina, mesmo que fosse um relacionamento puramente platônico — de subsistência. Olhar aquelas pernas pela boca de lobo e me imaginar subindo por suas coxas para morder a carne que ela me ofereceria. Me oferecia frango, no yakissoba. Mas não fazia muita diferença, porque eu nunca iria concretizar meus sonhos e, de qualquer forma, como *figura* ela continuava sendo feminina. Éramos de espécies diferentes, ela só poderia me satisfazer como alimento. E, no gosto, haveria alguma diferença?

Hoje eu sei que sim, carne masculina, carne feminina. Os hormônios fazem toda diferença, mas não apenas eles. Os exercícios, as intenções. Os músculos masculinos endurecem a carne e dificultam o mastigar. Todo aquele combate, aquela proatividade que impõem ao homem, acaba em fiapos que incomodam entre os dentes. Já a carne feminina geralmente é mais macia, só que mais gordurosa. Não é algo que alguém com consciência dos males do colesterol pode comer todo dia. Por isso, o melhor mesmo é a carne de crianças, pré-adolescentes que não foram contaminados ainda pelos hormônios e nem revestidos de pelos. Um baby-beef de primeira.

Então, qual seria o gosto daquela carne que se apresentava como feminina, mas que crescera dentro de um homem? Modificada pelos hormônios, injeções, silicone. Seria apenas mais um alimento industrializado, contaminado pela cosmética, pela estética, pela farmácia, pelos tóxicos? Ou seria uma iguaria mais sofisticada, como um touro castrado, boi geneticamente modificado, "res", animal que foi afastado de sua natureza para ganhar sabor e maciez? Eu queria descobrir...

De qualquer forma, eu não poderia me esquecer de todas aquelas refeições que ela havia me proporcionado. Todo final do dia, yakissoba nas bocas de lobo, as horas marcadas e sua dedicação. Ninguém havia feito tanto por mim. Ela sacrificava outros animais para me alimentar, então resolvi levá-la ao encontro de seus sapatos.

Deixamos Artur Alvim e Vergueiro para trás e fomos avançando cada vez mais nas escuras galerias. Uma virada para a esquerda, depois duas à direita. Eu não tinha certeza absoluta de onde daria. Eu não tinha absoluta certeza se conseguiria voltar ao salão do esqueleto Tiradentes, onde ficava a porta do Achados e Perdidos. Mas Brás veio ao nosso socorro, meu fiel amigo canino. Logicamente, como todas as mulheres (ou algo parecido), Ana Rosa ficou encantada ao vê-lo. Elas não podem ver um cachorrinho perdido. "Ah, que graça, como é o nome dele?"

"Brás." Eu disse, e ela o acariciou com suas longas unhas pretas. Ele estava bem sujo, como qualquer um que mora no esgoto. Como qualquer um que tem pelos, pulgas, carrapatos, mas ela não se importava.

Já de mim ela nem chegava muito perto.

Seguimos em frente, com ele nos guiando. Cachorro esperto. Sabia muito bem o caminho para onde queríamos ir. Ele também nunca perderia a oportunidade de dar uma roída no velho Tiradentes. E logo estávamos lá, em frente ao esqueleto. Ela não aparentava ter medo, e também avançou para tocá-lo.

"Ei, o que você pensa que está fazendo?" Era Patriarca novamente.

Tentava impedir nosso avanço. Mas o que um rato caipira pode fazer contra um cachorro, um jacaré e uma mulher daquelas?

"Meu Deus, esse esqueleto também fala?!" Ana rosa estava chocada com tantas assombrações.

"Não se preocupe", eu disse, "é apenas aquele esquilo lá ao lado."

"Ah, bom."

Ela bufou e lançou um pontapé, jogando Patriarca para longe. Era para acabar de vez com minhas dúvidas; mulher alguma teria coragem de chutar um bichinho assim. Ainda mais com os pés descalços.

"Seus sapatos devem estar lá dentro, atrás dessa porta, atrás do esqueleto, no Achados e Perdidos."

Ela virou a maçaneta — não estava trancada. Entramos. Que maravilha era lá dentro. Todo tipo de coisas. Objetos estranhos e animais empalhados, carne humana e artigos de vestuário, joias, jornais, uma banheira antiga e um fliperama. Aqueles ratos eram uns baitas de uns acumuladores. E, lá no canto, no meio de tudo, os sapatos.

"Puxa, é mesmo um milagre eu encontrá-los aqui, no meio de todas essas coisas."

Nem tanto, acabaram de ser coletados. Ficaram por cima da pilha de roupas, talvez fossem logo vendidos. Estavam um pouco sujos, os saltos realmente quebrados. Mas eram os saltos de sempre, os dela, sem os quais ficava um pouco mais baixa.

Ela se abaixou para pegá-los. E eu fiquei lá, lá atrás, vendo seus glúteos apontados para mim. Ah, o chamado da natureza! Por menos fome que eu tivesse, por mais que eu tivesse minhas dúvidas, por mais que eu tivesse certo pudor, não conseguia resistir àquelas carnes se oferecendo a mim. Vamos lá, vamos lá, o que eu poderia fazer? Confesso que agi por instinto, um bote inesperado que fez até o pobre Brás latir. Num salto abocanhei Ana Rosa por trás. Agarrei-a com meus dentes, levantei a cabeça e deixei que a gravidade fizesse o resto do serviço. Entre na minha boca e me faça feliz. Mastiguei-a demoradamente, separando o corpo da roupa, os ossos da carne. Ossos ocos como água de coco. Ossos ocos como água de coco. Ossos ocos como água de coco (como um trava-língua, passando pela minha). Seu grito inicial logo foi substituído por gemidos, e em poucos segundos era apenas meu estômago roncando, ronronando de prazer.

"Ossos ocos como água de coco."

Comi Ana Rosa, engoli-a todinha. No final, sobraram ossos e recordações, recordações de quando ela me alimentava. Às vezes me arrependo. Sim, afinal acabaram aquelas minhas refeições. Mas nunca gostei muito de yakissoba; o prazer do momento valeu a perda. Melhor satisfazer-se até enjoar do que se alimentar de migalha em migalha e nunca ter o bastante. Além disso, depois de obedecer à minha natureza, surgiu-me uma ideia das mais cínicas e oportunas.

Patriarca entrava correndo. "Ei, o que está acontecendo aqui?" Eu terminava de mastigar para não falar de boca cheia, já que não tenho talento de ventríloquo. Apresentei a pilha de ossos para ele e fiz a proposta. "Veja só, mais um esqueleto para a sua coleção, para fazer par com Tiradentes. O que me dá por ele?"

Eu estava aprendendo a entrar no esquema. Uns precisam morrer para sobrevivermos. Aquele esqueleto foi o perdão das minhas dívidas, o pagamento das minhas multas. E ainda consegui um pequeno suprimento de carne humana. Sim, aquela tinha sido minha primeira vez. Mas, depois de experimentar, não queria comer outra coisa. Começou ali um novo período em minha vida. Minha barriga não estava mais tão vazia quanto antes, minhas ideias não eram mais tão condicionadas pela fome — embora ainda fossem condicionadas pela comida. Um pouco mais satisfeito, eu podia me pegar contemplando uma parede por horas a fio. Cada ranhura, cada rachadura, sem a necessidade de nadar para longe, para fazer minhas ideias se movimentarem e meu estômago vazio me impelir. Alguns de vocês podem achar que eu me tornei mais civilizado. Outros dirão que fiquei mais selvagem. Afinal, aprendi a atacar, negociar, comerciar. Disso para aprender a escrever foi um passo. Mas eu não gostaria de me julgar (e me condenar). Acho que me tornei mais humano, seja isso bom ou não. Afinal, a gente é o que a gente come. Eu segui o ciclo, segui o que estava dentro de mim e coloquei para fora o que me fazia ser quem eu era.

Essa couraça que me faz ser o que eu sou é apenas uma armadura. Como calosidades que protegem seus pés dos sapatos.

Como coletes que protegem vocês dos inimigos; como carros blindados. Organicamente, somos todos os mesmos — moléculas, água, músculos vermelhos, abertos e quentes, seja pelo sol, seja pelo sangue. Máscaras de jacaré, sapatos de crocodilo, grifes de mariposa, dragonas de general. Depois de mastigar um humano, eu me sentia mais confortável em minha fantasia de réptil urbano. E também fui melhor aceito por meus colegas...

Passaram-se algumas horas, talvez até alguns dias — eu estava no meu processo de digestão e não podia dizer. Sentia-me onírico com todos aqueles triglicérides circulando no meu corpo. Lipídios, glicídios, suicídios. Quando eu voltei a mim, e ao meu redor, vi Vergueiro ao longe, um pouco tímido, me olhando.

Ele notou meu despertar e veio se aproximando cautelosamente. Já não tinha a intimidade divertida de outros tempos, mas também não a zombaria que nos afastou. Devia estar surpreso com o verdadeiro réptil que irrompia de dentro de mim, ou a carapuça — couraça — que me servia melhor. Eu aproveitei a minha (auto)confiança recém-reconquistada e o chamei. "Não tenha medo, amigão, venha cá."

Ele logo estava do meu lado. "Medo, eu? Que medo? Sou sapo venenoso, não se esqueça..." Tentava se garantir. Eu não me importava, jamais o comeria. O que é um sapo para quem já engoliu um travesti? "Mas você se revelou mesmo, hein?", ele assumia sua surpresa. "Estão todos falando sobre isso. Ninguém pensava que você seria capaz..."

Hum... então achavam que eu era um molenga? Um covarde? Incapaz de fazer mal a uma mosca? É bom que justifico meus dentes (sem recorrer a nozes). Agora já sabem do que sou capaz.

Vergueiro permaneceu um tempo em meia-pata ao meu lado, pronto para pular para longe ao menor sinal de meu bote. Mas logo foi ficando à vontade novamente. Então acendeu um cigarro.

"Aprendeu a usar isqueiros?", perguntei.

"Sim, Artur Alvim me ensinou. Ele tem me ensinado uma porção de coisas. É bom ter essa convivência com humanos."

"Também acho, sempre os convido para o jantar."

Eu agora podia rolar em minha ferocidade. Para mim, humanos serviam apenas como alimento. Tecido constituinte dos meus desejos. Eu não ficava brincando com a comida.

Então percebi que Vergueiro deveria ter passado lá para sondar exatamente isso. Para verificar até que ponto eu seria ameaçador a seu amigo Artur Alvim. Eles não andavam sempre juntos? Não eram inseparáveis? Onde estava o menino, agora que eu me tornara um jacaré assassino? Hum... de qualquer forma, eu não poderia exagerar na dose. Não poderia espantá-lo para longe. Meu suprimento de carne não estava garantido pelos ratos. E sempre é bom poder caçar um pouquinho. Sempre é bom poder variar as fontes...

Então emendei: "Mas é claro que amigos dos meus amigos são meus... colegas. Jamais ousaria atacar Artur Alvim."

Vergueiro sorriu um sorriso amarelo, talvez pelo cigarro, talvez não confiasse mais em mim. Mas enfim, é melhor ser ameaçador do que patético.

"Bem, então vou indo. Tenho de catar algumas bitucas", ele partiu com uma desculpa. Certamente iria se encontrar com Artur Alvim numa esquina, e contaria que eu não era de confiança, que precisariam ficar mais atentos, que a qualquer hora eu poderia dar o bote. Muito bem, eu não o seguiria. Por hora, eu estava satisfeito. Eu tinha certeza de que, mais cedo ou mais tarde, esbarraria com aquele garoto de novo. E se meu estômago estivesse vazio, ele o preencheria.

Aquele era um tempo como agora, um tempo de me pegar em devaneios, divagações e filosofias de quem é bem-nutrido. Bem-nutrido também em parte, pois a carne dos humanos pode ser deliciosa, mas está longe de ser a melhor opção nutricional. Vocês sabem, álcool, drogas, silicone, refrigerantes. Não garantem as melhores vitaminas. Eu bem que sonhava em pegar um hare krishna...

Mas o que alimenta o corpo não sossega o espírito. O que eu queria naquela hora era ter uma conversa interessante. Uma conversa prodigiosa, fosse alimentada por cigarros ou por cerveja. Queria um amigo fluente com quem eu pudesse conversar. Vergueiro já fugira para longe, e ele nunca foi o mais iluminado dos seres. Sobre o Brás era melhor nem comentar. E Santana? Santana nunca dizia nada. Já estava entregue à bebida e aos ratos. E, de qualquer forma, só me sentia atraído enquanto minha fome ainda não havia sido satisfeita. Agora que eu provara da carne (humana), ela já não me apetecia tanto. Em sentido algum. O bom do esgoto é que o fluxo sempre acaba seguindo seus pensamentos.

Ou talvez seu pensamento siga o fluxo. Quero dizer, as coincidências, necessidades, com tanta coisa passando lá por baixo você sempre consegue estabelecer uma ligação entre o que passa pela água e o que passa pela sua cabeça, o que você precisa, no que está pensando. Eu pensava em conversar, num amigo, e vi no canto de uma galeria algo como um pedaço de plástico vermelho. Não é mesmo uma coincidência tremenda? Deixa que eu explico...

Fui nadando em direção a ele, mas logo vieram os ratos. Tentaram levá-lo antes de mim, pela preciosidade da cor forte, o design um tanto quanto pitoresco, para que serviria? Eu queria saber, os ratos queriam saber — os ratos queriam levá-lo, guardá-lo e comercializá-lo. Quando chegaram até ele, percebi que era um ser vivo, que os trucidou com garras afiadas.

Aquilo sim é que era couraça, armadura, um exoesqueleto como eu nunca havia visto. Nunca havia visto um exoesqueleto. Eu bateria palmas, se palmas me fossem dadas. Quem era aquele ser que enganava meus inimigos? Logo, amigo meu seria. Cheguei até ele e o vi em guarda. "Relaxe, amigo", eu disse, "não vou te fazer mal."

Me apresentei. Ele se apresentou. Era um lagostim. Eu não poderia dizer, porque nunca vira um antes. Eu nem sabia ao certo a diferença entre uma lagosta, um lagostim, um pitu e um camarão. Seu nome era Voltaire, e eu logo percebi que havia algo de nobre naquele animal.

"Nunca vi nenhum lagostim por aqui, você veio na enxurrada?"

Ele disse que sim, que também nunca tinha visto nenhum jacaré por lá. Eu disse que eu era o único, até onde eu sabia. E contei como andavam as coisas lá embaixo. A organização dos ratos. O Achados e Perdidos. "Não se preocupe, isso nunca dará certo", disse ele. "Aparentemente, já deu", disse eu. E contei como até eu estava entrando no esquema, como estava difícil achar comida. Como tudo se tornara comércio. Como meus colegas se entregaram aos vícios. Mas Voltaire achava que aquilo era passageiro. "Os subterrâneos estão sempre mudando. Logo cavam um túnel aqui e o esgoto fica mais embaixo."

Ele parecia saber uma porção de coisas sobre o submundo, ou sub o sobremundo. Sobre o mundo. "É que eu morei um tempo nos subterrâneos de Paris", disse ele casualmente. Não era um sujeito metido, não, era nobre de nascença. E não dava a mínima para a organização dos ratos. De tipos assim é que o lodo estava precisando.

"Por que você não inicia uma resistência?", dizia ele. "Você é grande, tem essas mandíbulas, pode muito bem se opor aos ratos."

Não, não daria certo. Eles estavam em maior número. Eu era grande, mas não era mil. Eles eram mais rápidos, mais ágeis, cuidavam melhor dessas pequenas coisas da vida, dessas pequenas coisas da fossa. Quem iria se aliar a mim? Quem

63

faria parte do meu exército? Justamente quando eu já estava fazendo parte. Justamente quando eu estava conseguindo entrar no esquema. Voltaire queria me fazer sentir culpado por não reagir? O que me importava era pegar minha fatia do bolo. Ou melhor, comer um bolo inteiro daquela confeitaria.

"Eles só deixam você se servir do bolo que já solou. De que adianta ser um jacaré feroz, comedor de humanos, se está sujeito ao controle dos ratos? Tem de pagar tributos a eles, doar um esqueleto, negociar um preço, efetuar trocas. Você nunca será o réptil que gostaria de ser enquanto negociar com roedores." Aquilo não era Voltaire que dizia. Era a minha consciência, germinando graças às gotas que Voltaire derramava sobre mim. Mas eu respondia.

"Não sei, Voltaire. Você também precisa pensar nessas coisas. Enfim, como você espera comer? Como espera sobreviver aqui sem se aliar aos ratos? Aliás, o que você ganha me virando contra eles? Por que não os está virando contra mim?"

"Ora, ora, veja bem, colega réptil, eu não estou querendo virar ninguém contra ninguém, entenda isso. Só estou questionando suas escolhas. Se você está certo delas, não tem por que se preocupar."

Sim, eu não teria. Mas e ele? Voltaire não teria motivos para se preocupar? Apesar das garras afiadas, apesar de sua armadura, ele era apenas um, e pequeno. Se eu quisesse, partiria sua crosta crocante com um abrir e fechar de mandíbulas. De repente, ele só queria mesmo me conquistar. Eu não poderia confiar tão rapidamente naquele artrópode.

Por muito tempo acreditei que, por viver no submundo, não havia mais grandes mistérios a desvendar. Já estávamos sob a camada que os seres humanos criaram para esconder suas próprias fraquezas, seus dejetos, excrementos e segredos. Mergulhávamos mais fundo na verdade, flutuávamos nas profundezas da civilização humana. Lá, como os ratos mesmo diziam, estavam as provas do crime, os rastros da culpa, os corpos de delito. E talvez nós fizéssemos parte disso.

Afinal, o que era Vergueiro? Um sapo criado em terreiro de macumba, um fugitivo das crenças primitivas dos seres humanos. Colocado de noite numa encruzilhada. Escondido dentro de um saco com a boca amarrada. Era um sentimento místico primitivo que escorria até o subsolo. Uma superstição humana saltando para dentro dos bueiros. Um canto dos primórdios, um grito de incivilidade. Alimentando vícios, coaxando em segredo.

E o que era Brás, o cachorro perdido? A incapacidade humana de amor e carinho. Criações humanas que proliferam pelas ruas e fogem ao seu controle. Um latido contra a castração, a recusa de um presente de infância. Brás era um aborto espontâneo, um pouco mais independente do que os fetos que costumávamos encontrar pelas galerias.

Santana? Tratada como um invólucro indesejável. Explorada até a última gota, desgastada e desprezada, rolando pelos subterrâneos quando já não tinha serventia. Como fazem com os velhos nos asilos. Os filhos que matam os pais. Os que não se amamentam mais de vacas velhas. Como os ossos num prato já sem carne, afastado da mesa de jantar por um estômago satisfeito. Uma prostituta ejetada depois do orgasmo do cliente.

Assim também seria Artur Alvim, coito interrompido, aborto espontâneo, filho indesejado? O subproduto da união de dois seres que não queriam deixar registros. Não queriam deixar registros genéticos daquela união, daquele amor, ou daquela depravação. E o esperma e os óvulos desciam pelo ralo. O feto descia pela privada. Uma masturbação masculina era enxaguada na pia enquanto uma mulher ovulava no apartamento de baixo. Gerava um belo menino. Mas meninos belos muitas vezes causam problemas. Muita gente prefere mantê-los afastados.

Muitos escondem seus meninos embaixo da cama, dentro do armário. Sacrificam seus desejos e escondem sua infância.

Ah, como escondem suas ruralidades, suas naturezas e suas matas. Seu mato crescendo no jardim. Cortam árvores e derrubam esquilos, tratam-nos como ratos e eles se acham patriarcas. Eles vêm à tona, mesmo submersos, emergem no esgoto e querem dominar. É um segredo que cresce, se organiza. Uma vergonha latente, que não quer se calar. Põem palavras na boca dos outros, de caveiras e ventríloquos, estabelecem taxas e cobram o que acham direito. Acham que têm direito. As exclusões humanas tornam-se grandes demais.

Mas isso é, mais uma vez, apenas uma divagação filosófica para avaliar minha própria condição. Minhas raízes silvestres, minhas escolhas marginais. Meu percurso natural (?) até onde encontrei uma situação estabelecida. Uma situação que eu acreditava estabelecida pela negligência dos humanos, mas talvez fosse apenas, como no meu próprio caso, uma escolha consciente daqueles que formavam o *underground*.

E o que é o underground para quem não tem a oportunidade de conhecer o piso térreo? Apenas um outro nível de alienação. Nada mais profundo, nada mais denso, apenas mais baixo, apenas mais negro. Ninguém pode dizer que conhece o gosto de uma fruta mastigando apenas o caroço...

Ah, é chato pensar tanto em política quando tenho uma história para contar. Mas esses livros que tenho lido me dão tantas ideias...

Pois bem, e Voltaire, o que faria lá? Aproveitei sua articulação para dividir com ele algumas de minhas ideias políticas. E aproveitei seu esqueleto articulado para avançar em minha filosofia. Ele disse que não era preciso ir tão longe. Não era o caso de um gourmet ter rejeitado um prato sofisticado, ter assumido o escondidinho com carne-seca de seu ser e se livrado de um lagostim. Seria bonito pensar assim. Quase como a inversão do esgoto. O prato nobre despejado privada abaixo, antes de ser engolido. Mas não, não. Voltaire me disse que fugira ele mesmo de um destino cruel. "Consegui pular da panela mais de uma vez."

Me disse que era comum encontrar lagostins nos esgotos de Paris. Como eles tinham de ser jogados vivos na panela, um sempre conseguia fugir e descer aos subterrâneos, escapando do chef. Mas era lá que muitos catadores de lagostim ganhavam a vida, aprisionavam os crustáceos e os exportavam para o Brasil. Lagostins franceses direto do esgoto de Paris. "É mais ou menos o que fazem com os caranguejos dos mangues daqui", disse ele. "Vão ao mangue catar lixo caçar caranguejo e conversar com urubu", cantarolou.

Eu nunca havia provado um lagostim. Nem caranguejo. Nem lagosta. Nem pitu. Naquele momento, eu estava com a barriga cheia. E depois de provar a carne adocicada de um humano, é difícil atrair-se por um crustáceo. Vocês sabem, toda aquela casca. Aquela armadura que precisa ser partida, separada, que penetra entre os dentes e entala na garganta. Não, ele não me apetecia. E, sem fome, ele só poderia me servir para vencer o medo da solidão.

"Você poderia me apresentar a seus amigos, não? Preciso me enturmar com a galera", Voltaire pedia, talvez acreditasse que eu era muito integrado. Por meus negócios com os ratos, por minha habilidade em navegar, em divagar, por minha enorme boca e capacidade de argumentação, ele devia achar que eu era figura muito popular. E eu me senti orgulhoso de que ele pensasse assim. Mas a verdade é que muitas vezes eu passava completamente despercebido.

Fui sincero, mas num tom que ele acharia que eu estava sendo modesto. "Ah, não, nem conheço tanta gente por aqui.

Fico no meu canto. Além do mais, essa minha coloração acinzentada não ajuda muito. Praticamente ninguém me nota. Não é como você, com esse vermelho todo..."

Então ele me mostrou uma de suas maiores habilidades. Não podia trocar de roupa tão facilmente, com aquela armadura toda articulando seus movimentos, mas era capaz de mudar de cor e adotar o visual perfeito para cada situação. Vermelho-vivo, azul, verde, cinza. "Talvez não tenha sido a melhor opção descer aqui tão escarlate, não é? Chamando a atenção dos ratos. Talvez eu devesse usar uma coisa mais discreta no dia a dia?"

Eu disse para ele não se importar, estava ótimo. Ninguém queria mais um bicho cinza nos esgotos. Aquele tom vivo mostrava o quanto ele era diferente, nobre, como sabia se vestir. E, além do mais, sempre é melhor estar vestido demais do que de menos.

"E você, não troca de pele de vez em quando?", ele perguntou. Me senti diminuído. Não, aquilo era coisa de outros répteis. Serpentes que deixavam as escamas para trás. Eu, como jacaré, me trocava sutilmente, como os humanos. Como os humanos, que trocam de células diariamente, que fazem a barba, cortam o cabelo. Colocam roupas por cima, bonés na cabeça, luvas nas mãos, mas mesmo assim todos percebem. São atraídos pelo design dos decotes e a coloração das meias, espiam por fendas e buracos, comentam como ficou lindo um novo bronzeado. A pele pálida do inverno. Os olhos vermelhos de choro. Os humanos sempre reparam, mesmo com tanta roupa por cima. Eu, que perco escamas todos os dias, nunca ouço elogios. Hum... mas para suplantar essa carência é que eu dialogava com um lagostim. Nunca se sabe sob qual crosta se revelará a maciez de uma amizade. Palavras separam melhor a carne da casca do que talheres. Oh, e até hoje eu não aprendi a usá-los direito...

"É bom conversar com você", me disse ele. "Para quem já escapou de tantas panelas, é difícil se sentir confortável diante de uma boca aberta. Sempre tenho a desconfiança de que todos querem a minha carne. Não é fácil ser um lagostim francês no Brasil."

Entendo, mas não é fácil ser um jacaré brasileiro também. Não é fácil ser um cogumelo japonês, um brinquedo paraguaio, um humano apatriado. Não é fácil ser coisa alguma, por isso tantos se omitem. Não é fácil ser um fax modem, tampouco ser um servidor de e-mails. Então Artur Alvim apareceu na nossa frente, dando um pulo para trás. Tinha esbarrado em nós despercebidamente e levado um susto. Não queria demonstrar, mas estava com medo de mim. Eu percebi e fechei meus olhos, mostrei meus dentes, ele ficou paralisado. Voltaire também. Paralisado com a visão de um humano. Colocou as garras em guarda e gritou para mim. "Por favor, não o deixe me comer!"

Artur Alvim ouviu a súplica e avançou para o lagostim. "Se você me morder, eu mordo ele", o garoto ameaçou. Aquilo me trouxe a imagem de bonecas russas, ou de um ovo dentro de um peixe, dentro de um frango, dentro de um porco, dentro de um camelo. Os dois dentro de mim. Bem que poderia ser interessante. Artur Alvim usaria seu polegar opositor para separar a carne da casca e eu comeria a carne do crustáceo que estaria dentro do seu estômago.

Mas não, naquele momento eu estava satisfeito. E precisava mais de companhia do que de nutrientes.

"Relaxem vocês dois, ninguém vai comer ninguém." Se fôssemos um pouco mais civilizados, eu até oferecia um vinho para brindarmos. Mas lá embaixo só tomávamos cerveja no gargalo.

A conversa foi logo interrompida por um estrondo que vinha retumbando pelos bueiros e descendo pelas galerias até terminar num tibum próximo a nós. Seguindo o barulho, viramos uma esquina e vimos um novo tonel de óleo encalhado entre a corrente d'água e um dos canos de escoamento. Fazia um barulho agudo e metálico, mas logo eu pude perceber o que dizia.

"Puxa vida, de onde veio isso?", se perguntava Artur Alvim. "Achei que os ratos estavam cuidando dos bueiros para não entrar mais lixo."

Ela dera um jeito. Era Conceição, irmã mais nova de Santana, viera buscá-la. Derrubara as barreiras, rolara por cima dos ratos e descera até lá embaixo, procurando por sua irmã. Nenhum rato daria conta de um tonel daqueles. Ela parecia estar ainda cheia de óleo, de som e fúria, gritando: "Onde está minha irmã? Onde está Santana? Não saio daqui até encontrá-la!"

Meus colegas não entendiam o que ela dizia. Mas percebiam que ela obstruía a passagem d'água. A maré estava subindo. Logo teríamos uma nova inundação. "Vamos empurrar essa lata velha daí, ela vai inundar tudo de novo."

Tentei convencê-los do que ela pedia. Eles não davam ouvidos nem a mim nem a ela. Artur Alvim tentou empurrar Conceição sem sucesso. Voltaire também não era de muita ajuda. Como não havia mais nada a fazer, resolvi empurrar com eles; mesmo assim não conseguimos mover Conceição um centímetro sequer. Ela estava muito decidida. "Acho melhor contarmos tudinho a ela. O fato de Santana ter se tornado uma alcoólatra, ter sido levada pelos ratos, estar jogada em algum canto do Achados e Perdidos", cochichei para eles.

"O que você está dizendo?", resmungava Artur. "Isso é só uma lata velha. Você acha que pode argumentar com ela?"

Bem, considerando o fato de haver um jacaré, um lagostim e um moleque de rua para empurrá-la, qualquer argumentação poderia fazer sentido. Ou nenhuma argumentação faria sentido. Mas, como sempre, minhas ideias não eram muito populares.

"Vou chamar o Vergueiro para ajudar", sugeriu Artur. Como se um sapo pudesse fazer alguma diferença, ainda mais fumante como ele era, sem fôlego nem para dar os saltos mais frugais. "E se nós pegássemos aquele outro tonel para empurrar esse aqui? Pode funcionar..."

Brilhante ideia de Artur. Mas o "outro tonel" era apenas Santana. E o que ele sugeria era a minha sugestão: trazer Santana de volta, fazer as irmãs se reencontrarem, apesar de ser um provável choque para Conceição.

"Muito bem, vamos lá", eu disse. E saí nadando em direção ao Achados e Perdidos. Atrás de mim, ouvi o menino gritar. "Ei, você tem algo para dar aos ratos em troca da lata?"

"Hum... será que um esqueleto de guri serve?"

Chegamos em frente ao Tiradentes. Não esperei que ele dissesse nada. Fiz sinal para Artur Alvim girar a maçaneta que ficava atrás do esqueleto, pois eu não a alcançava. "Ei, eu não", disse ele, "não quero me complicar com os ratos. Por que a gente não negocia com eles?"

Que covarde, "que covarde", eu disse. Ele não era um garoto transgressor, rebelde, atrevido? Esperava a permissão de um rato para entrar nos Achados e Perdidos? Que ridículo. "Abra logo, piá. Antes que eu te dê umas dentadas."

Ele ficou com medo, tomou coragem e abriu. Entramos. Estava ainda mais entulhado do que da última vez. Já havia estantes cheias de livros e CDs. Quadros de decoradores clássicos. Latrinas de artistas pós-modernos. Tivemos um grande trabalho procurando por Santana lá dentro. Quando eu a chamava, ela não respondia.

Até que Voltaire a encontrou. Era outra pessoa. Não estava mais suja de óleo e de cerveja. Em seu interior se acumulavam recortes de jornal, livros de filosofia e teses de mestrado. Havia adquirido gabarito, era um tonel com repertório. Então acreditei que poderia voltar a conversar civilizadamente com ela.

"Santana, minha querida, que bom ver que você deu a volta por cima. Parece bem melhor agora. Sua irmã vai ficar contente em vê-la. Está lá fora. Disse que não tira os pés... ou algo assim, enquanto você não falar com ela. Venha, que a gente mostra o caminho."

Mas ela estava muito mudada mesmo. Nem deu bola para mim. Continuou concentrada, refletindo sobre existencialismos bizarros. Insisti novamente para ela me dar atenção, mas Artur Alvim interrompeu com sua ansiedade infantil. "Deixa de ser louco, pare de conversar com essa lata, vamos empurrá-la para fora."

Tentei fazer as coisas com mais jeitinho, mas o menino já começava a empurrá-la, então decidi ajudá-lo de uma vez; Conceição saberia melhor o que dizer para sua irmã. Fomos empurrando Santana para fora do Achados e Perdidos. Mas foi só cruzar a porta para ela cair no chão e começar a gritar como uma louca.

"Patriarca! Patriarca! Socorro!"

O que era aquilo? Eles haviam mesmo feito uma lavagem cerebral na pobrezinha. Gritava desesperada, tentando atrair a atenção dos ratos para resgatá-la. Eu tentava convencê-la: "Não grite, Santana. Vai ser melhor para você. Ao menos ouça o que sua irmã tem a dizer. Depois, qualquer coisa, levamos você de volta. Ela está impedindo o fluxo d'água e vai acabar inundando tudo aqui..."

Mas ela não ouvia, continuava gritando. Artur Alvim me mandava calar a boca, deixar de argumentar com ela. Resolvi poupar meus neurônios e só me esforçar para levá-la mais rápido até Conceição.

A conversa entre as duas não levou muito tempo. Bastou um empurrão e Santana foi rolando em direção à irmã, sempre gritando, até trombar com ela. Conceição parecia magoada, mas saiu boiando pela correnteza e deixou o fluxo prosseguir. Eu ia tentar retomar o diálogo com Santana, mas ela rolou para dentro d'água e desapareceu. Tanto conhecimento e teses acumuladas a fizeram afundar...

"Enfim, tudo de volta ao seu devido lugar", Artur Alvim disse.

"Agora, se os ratos perguntarem, eu não tive nada a ver com isso..."

Maricas; qual era o problema? Onde estava a personalidade transgressora que deveria existir em todo jovem e que parecia despontar ainda mais cedo e niilisticamente naquele? A questão é que todo jovem precisa romper com as amarras para se sentir um indivíduo. Todo jovem precisa romper com as amarras para se sentir independente; assim transgride, agride, abusa. Artur Alvim era precoce demais, e já havia passado daquele ponto. Havia passado daquele ponto da maneira mais previsível — entregara-se aos vícios. Assim como o adulto deixa de transgredir por conta das amarras do trabalho, dos filhos, da nova família e do futebol aos domingos, Artur Alvim deixava de transgredir por conta das amarras das drogas. Era uma forma de superar a fome. Uma dieta para esquecer o estômago vazio. Não era assim que os ratos o dominavam?

"Deixe de besteira, ele só está curtindo." Vergueiro defendia o amigo enquanto eu discutia com Voltaire sobre isso. Não, eu estava certo. Ele estaria curtindo se mantivesse a inconsequência e a independência, mas agora ele tinha muito cuidado com seus atos, com os ratos, uma responsabilidade e um medo de perder sua fonte de toxinas. Oh, somos todos controlados pela química...

"Sim, você não menos do que ele; são simplesmente enzimas, hormônios e secreções que nos fazem agir como agimos, não é? A ressaca gerada na puberdade, a bad trip da velhice.

Qualquer um que acha que não precisa de químicos para vencer a fome é porque já está bem amaciado em sua leptina", acrescentou Voltaire.

"Você sabe demais sobre essas coisas..."

"Claro, claro. Afinal, a Academia Brasileira se alimenta dos esgotos de Paris."

E dos esgotos do Brasil? Alimentava-me eu. Além da química que circulava dentro de nós, havia toda a química das correntes subterrâneas, da qual eu não podia escapar.

E a química dos produtos industrializados. A química da carne humana. A química do ar que respirávamos, das palavras que dizíamos. A vida é uma longa intoxicação até a morte.

Eu não podia condenar Artur Alvim por prezar seu bom relacionamento com os ratos. Ao menos ele era fiel a seus interesses. A química agindo dentro do meu estômago me fez atacar Ana Rosa — que me alimentava todos os dias com yakissoba — por uma refeição mais encorpada de momento. E se o conhecimento pôde afastar Santana do álcool, foi ainda mais eficiente para fazê-la afundar.

Qual seria o problema dela com a irmã? Como seria o relacionamento familiar dos tonéis de óleo? É lógico que nossa primeira suposição seria a de que não há relacionamento algum, mas a visita de Conceição aos esgotos prova que isso é um engano. E, da mesma forma, as pessoas sempre tendem a acreditar que, entre os animais, não há sentimentos reais de fraternidade. Talvez porque as próprias pessoas não sintam um afeto natural por seus familiares, então acham que isso é apenas uma imposição criada artificialmente pelo homem. Civilidade. Bem, eu posso dizer que já vi muitos animais devorando seus próprios pais, sim, e já vi muitos cruzando com seus irmãos, mas isso não é regra. São exceções que acontecem em todas as espécies. Também é lógico que vários jacarés não ligam muito para essa coisa de fraternidade — temos sangue frio e não compartilhamos dessa obrigação humana de manter os laços. Mas eu sei muito bem quem são meus irmãos, meus pais e meus avós. Poderia reconhecê-los até debaixo d'água. E, se nunca tive muita proximidade ou ligação com eles, bastaria sermos presos num mesmo tanque de zoológico para nos tornarmos os melhores amigos. É a convivência que estabelece os verdadeiros laços. Assim como minha convivência com Artur Alvim, Vergueiro, Voltaire e Patriarca estabelecia minhas relações com eles, fossem boas ou más. Não podíamos escapar uns dos outros. E logo um dos ratos vinha até nós com uma cobrança.

"Afinal, o que diz aí?", Artur Alvim perguntava.

"Não sabe ler?", eu desafiava. E ele não sabia mesmo. Garoto de rua, nunca havia frequentado a escola. Nem tinha a perspicácia animal de nós, autodidatas.

"Eles estão nos cobrando por Santana e todos os seus livros, teses e papéis."

"Isso é ridículo, não podem nos cobrar por ela", reclamava Voltaire.

"Eu bem que avisei que a gente deveria ter algo para dar em troca", insistia Artur Alvim.

Na nota diziam que, caso quiséssemos recorrer, deveríamos marcar uma audiência com Patriarca. Eu não estava nem um pouco a fim de entrar no esquema de burocracia dos ratos, mas não tinha muita escolha, se todos os outros teimavam em respeitar as leis que os roedores haviam estabelecido. Todos estão sempre esperando por alguém que regulamente suas vidas, como uma carência da figura materna, paterna, patriarcal. E mesmo que ninguém concorde com os regulamentos, ninguém levanta as patas para contestar. É uma situação cômoda se sujeitar às escolhas de outrem, ninguém quer se responsabilizar pelo sucesso ou o fracasso das suas próprias. Sentem-se mais confortáveis tendo o destino decidido por terceiros. E eu disse tudo isso a eles.

"Você está certo, e daí?", respondia Artur Alvim.

"Como assim e daí?"

"Ora, por que eu deveria contestar se me sinto confortável tendo o destino decidido pelos ratos? Ninguém se preocupa comigo, ninguém está se preocupando com minhas escolhas. Eu não tenho pai nem mãe, ao menos os ratos fazem isso por mim."

Sim, sim, eles eram muito espertos, agiam onde eles sabiam que os seres eram mais carentes. Embaixo das ruas, desprezados pela humanidade, evacuados pelos pais, ansiavam pelas rédeas firmes e o colo quente que só os ratos podiam oferecer. Placentários malditos. Eram essa carência e esse oportunismo que ainda iriam acabar com o submundo. "Este lugar não foi feito para animais de sangue quente."

Voltaire, que era pecilotérmico como eu, não se deixava controlar tão facilmente. Ainda por cima era invertebrado, não sofria daquele frio na espinha em contato com o perigo. Sua carcaça parecia torná-lo capaz de enfrentar tudo, mas ele era apenas um; seria preciso um exército dele para dar conta dos ratos.

"Bem, e se não pagarmos, o que eles podem fazer?", perguntava, ainda alheio à máquina administrativa.

"Eles vão aumentando as taxas, os juros, as multas, até não podermos nem mais nos movimentar aqui dentro. É um inferno!", expliquei.

De repente, me cansei daquilo tudo. Percebi que só conseguiria resolver as coisas lá embaixo com atitudes impulsivas. "Vamos falar de uma vez com esse Patriarca."

Nos encaminhamos mais uma vez ao Achados e Perdidos: eu, Voltaire, Artur Alvim e Brás. Vergueiro não estava entre nós, mas foi só chegarmos ao esqueleto de Tiradentes para encontrarmos o sapo lá, ao lado de Patriarca, comendo nozes, pistaches, castanhas com ele.

"Argh! Como eu odeio! Como eu odeio esses pistaches que não vêm bem abertos!", protestava o sapo. "O que você está fazendo aqui, Vergueiro?", perguntei, ainda surpreso com sua capacidade de traição.

"Hum... petiscando, não vê?"

"E desde quando sapo come pistaches, nozes?! Nem dentes você tem!"

"Ahhhh! Mas acabo de comprar uma dentadura, veja só!" Sorriu para mim com o orgulho de quem ainda não sofreu nenhuma obturação.

"Meus queridos", interrompeu Patriarca. "Vergueiro agora é meu assistente. Descobrimos que temos muito em comum. Ambos temos raízes rurais, ambos demos um salto além. E ambos gostamos das coisas boas da vida. Mirem-se no exemplo dele, tenho trabalho para todos e posso facilitar a subsistência de vocês."

Todos se sentiram um pouco incomodados com a palavra "trabalho". Não era um termo muito popular por aquelas bandas. Mas ninguém se manifestou, porque também ninguém tinha prática em contestar autoridades. Mais uma vez, tive de tomar a frente.

"Escute aqui, seu caipira", continuei eu, "nós viemos aqui por outro motivo. Estamos cansados das suas multas, taxas e cobranças. Você sabe que não vamos pagar nada, então pode cortar essa. Pare com esse teatrinho ridículo de querer comandar as coisas aqui embaixo."

"Ai, ai, mas como você está nervosinho hoje, hein? Isso parece saída de quem não sabe argumentar. Por que não conversamos civilizadamente e tentamos chegar a um acordo?"

"Por quê? Porque eu sou um jacaré e você um esquilo. Porque estamos vivendo no esgoto e não há o menor sentido em pagarmos taxas e multas. Caia na real. Tudo isso não faz o menor sentido."

"Talvez não faça, mas todos os outros estão pagando, não estão? Então por que você seria diferente?"

"Porque eu tenho essa boca enorme para contestar."

"Hum... entendo, mas isso é muito previsível, não é? Essa boca enorme para mastigar. Se você quer mesmo contestar, poderia usá-la de forma mais proveitosa. Colaboraria para transcendermos a nossa situação, não acha? Você como jacaré suburbano, eu como esquilo. Veja bem, meus esforços são todos no sentido de que nos tornemos mais racionais..."

"Seus esforços são todos no sentido de se enriquecer ainda mais."

"Não seja tolo, eu apenas organizo as coisas aqui para que todos possamos usufruir delas, com justiça e qualidade. Estou tentando garantir conhecimento, cultura e alimento a todos. Você, com essa enorme boca, poderia colaborar. Seus interesses egoístas não vão levá-lo muito longe."

Eu comecei a refletir sobre isso, e Voltaire interveio. "Não dê ouvidos. Ele só está tentando confundi-lo." Podia ser, mas fazia sentido. De repente, era Voltaire que tentava me confundir. Porque quando eu começava a fazer parte do sistema ele tentava me empurrar para fora. Talvez fosse melhor entrar num acordo com Patriarca.

"Afinal, o que você quer de mim?"

"Hum... assim está melhor. Para começar, você poderia me arrumar um cachorro. Esse aí serviria. E assim pagaria suas dívidas por Santana."

Eu ri com todos os meus dentes. "Haha, um cachorro? Mas que diabos você quer com um cachorro? Além do mais, esse cachorro não é meu."

"Ora, ora, você sabe que ele segue você por todos os lados. Considera-o como dono, então basta você repassá-lo para mim para mudarmos essa situação. Veja só como eu tenho de argumentar com você — e isso porque você é um ser racional, bastante perspicaz até. Então imagine o esforço que eu não faço para ser compreendido por esses ratos, para conquistá-los, cativá-los. Palavras não são o bastante, não, alimentos nem sempre funcionam, pois, por mais que aparentem o contrário, os estômagos deles têm um fim. Então eu preciso oferecer um pouco mais: circo, diversão."

"Diversão?"

"Sim. Cachorros cativam todo tipo de audiência, não é? Cachorros e... crianças. Vou ensinar esse aí a fazer alguns truques. Preciso ampliar nossos serviços. Saber entreter o pessoal daqui para eles pararem de pensar em besteiras."

"Muito bem, por que então não pega uma criança de uma vez? Esse aqui, Artur Alvim, é todo seu!"

O menino protestou. Infelizmente, tinha a proteção de Vergueiro. O sapo intercedeu a seu favor. E o esquilo insistiu no cachorro. "Acredite, vou tratá-lo bem. Meu problema de fato foi sempre com os gatos. O que me diz?"

Eu pensei por um segundo, talvez um segundo a menos do que fingi estar pensando. Me aproximei de Patriarca e usei minha boca para o que eu fazia de melhor. Argumentar? Não. Mastigar. E engoli-lo de uma vez.

"Não acredito que você fez isso", o garoto olhava para mim, boquiaberto.

Ora, eu também sou capaz de atos impulsivos, não pense que em minha vida tudo é tão dissertativo. Posso ser um animal de sangue frio, mas ainda sou um animal. E muitas vezes são esses impulsos que se encarregam de realizar o melhor trabalho que a gente costuma chamar de destino.

Pena que mal deu pra sentir o gosto daquele esquilo... Hum... nozes e flores do campo... com um leve toque de lactobacilos vivos. Se Artur Alvim já estava com um pé atrás em relação a mim, ficou com os dois. Afastou-se por um lado, Vergueiro afastou-se por outro. Só Voltaire continuava ao meu lado, pronto para me aplaudir. O que parecia era que havia sido passado para mim o cetro de comando, mas quem achava que eu o assumiria estava muito enganado. Não queria mais trabalho e mais burocracia. Só queria que o caos voltasse a reinar no meu acaso e no meu estômago. Que o esgoto seguisse seu fluxo e não tivesse sua corrente desviada por ninguém. Enfim, eu só queria ter a comodidade do descompromisso total.

"Eu acho que, no fundo, o que você quer é viver como seus irmãos, de papo para o ar, sob o sol, vertendo num rio qualquer, rodeado de garças." Isso dizia Voltaire. Mas não. Eu não acho que era aquele tipo de ócio que eu queria. Ócio bucólico. Eu queria mais o ócio do caos urbano. Sabe, o mundo sendo despejado sobre sua cabeça e você só abrindo a boca para engolir os melhores pedaços. Como eu poderia engolir algum pedaço com ratos tentando organizar o inorganizável? É como o motorista de um ônibus escolar, que tenta manter-se no trajeto e na lentidão indicadas, mas carrega a velocidade e a incerteza atrás de si, no grito das crianças. (Ai! Essa imagem me deu uma fome...)

Meus companheiros se dispersaram e me deixaram sozinho no Achados e Perdidos, como se agora aquele local fosse meu de direito. Eu dei uma olhada ao redor, para ver se havia algo de aproveitável, e encontrei um dicionário. "Hum... será ótimo para ampliar meu vocabulário", pensei. Mas, por um tempo, argumentar seria o que eu menos faria.

Depois de eu digerir Patriarca, começaram tempos gordos no esgoto. Despencaram as barreiras, sumiram as tarifas, abriram-se as comportas e o caldo engrossou. Os ratos corriam desordenados, tentando manter a ordem, mas sem uma direção específica a seguir. Num primeiro momento, foi uma avalanche de salgadinhos, balas de goma e refrigerantes descendo até nós. Era apetitoso, sim, eu também curto essa junk food, mas isso não sustenta ninguém. O melhor aconteceu logo em seguida: os jovens que desceram até lá, atrás das guloseimas. Para comer jujubas, para cheirar cola, fumar maconha e fazer sexo num local onde a lei já não existia. Foi aí que me esbaldei. Era aquele meu reino particular. E, para reinar, eu não precisava de ninguém sob meu comando, apenas entre meus dentes.

Hum... pernas ágeis, glândulas recheadas, tantas passavam por mim e para dentro. Criou-se o medo, claro, mas com ele também a ousadia. O medo sobre os rumores de um jacaré nos subterrâneos fazia com que os mais ousados se atrevessem — e desafiassem os inseguros —, trazendo-os todos até mim, de uma forma ou de outra. Era isso o que me garantia a delícia dos seus recheios: o medo, a coragem, o atrevimento. Os inseguros tinham a inconveniência de vir de óculos, que eu tinha de cuspir, mas tinham mais carne do que os ousados. Os ousados tinham a carne um pouco dura, mas bem tostadinha...

Não espero que todos vocês entendam. Afinal, só posso descrever experiências sinestésicas como essas com palavras. Sem o devido estímulo das papilas, uma refeição não passa de poesia — ou assassinato. E eu mesmo defendi que o que importa é a fome. Queria que minhas palavras pudessem abrir o espaço vazio nos seus estômagos; que lendo tarde da noite vocês pudessem lamber os beiços. Mas nem sei se acabaram de jantar, se são vegetarianos, macrobióticos, se o que apreciam mesmo é um bom filé de rabo de jacaré. Quem de vocês poderia entender a magia que se produz com a língua numa coxa tenra e bronzeada? Quem de vocês preferiria uma galinha morta? A textura elástica da pele se rompendo com meus dentes. São tantos. Tantos dentes para trabalhar que os centímetros de elasticidade se rompem como a casca de um tomate para revelar uma polpa quente, vermelha, vibrante. Com o coração ainda batendo — acelerado pelo meu ataque —, fazendo seu caldo escorrer mais rápido para dentro da minha garganta. Daí a carne doce e macia se misturando ao caldo, se exercitando em sua tentativa de fuga. Os músculos em movimento, minhas mandíbulas. Separando-se dos ossos, dançando no meu estômago. Cálcio no cálcio, meus dentes nos ossos, indicando que cheguei à profundeza máxima de um ser. Ah... perdoem-me.

Se eu fosse narrar meus dias seguintes naquelas profundezas, seria assim, uma descrição sem cessar de abrir e fechar de bocas. Foi isso o que eu fiz, mastiguei. Em meio a gritos e risadas, cantorias e palmas. Considerando essa passagem da minha vida, poderia batizar este livro de *Mastigando manos*. Eram drogas demais sendo resgatadas pelos meninos no Achados e Perdidos. Eram meninos demais sendo apanhados por mim no meio do caminho. Adolescentes. Filhos do milho. Perdi a conta de quantas camisetas do Ramones tive de cuspir.

Eles não desistiam. Em suas viagens, alguns praticamente mergulhavam para a minha goela. Foi uma orgia tamanha que me lembro de pouco dito, pouco pensado e pouco arrependimento naqueles dias. Só percebi o caldo grosso no qual estava mergulhado dias depois, quando uma grande crise estomacal me fez voltar a mim.

"Mas o senhor exagerou na dose, hein?", aquela era a voz da minha própria consciência. Me recriminava da pior maneira possível: ressaca. "Esperava o quê? Sou um jacaré, ora bolas! Eu preciso comer!" Talvez ela dissesse que, já que eu era um jacaré, não deveria ter consciência. Muito menos ressaca. Ela me fazia pensar que, se fôssemos obedecer à nossa natureza e ao nosso destino, eu deveria estar num zoológico ou numa reserva florestal.

Se transcendi aquilo, deveria ser um pouco mais contido. O preço da civilidade era esse. Eu era capaz de visualizar muito mais prazeres e alegrias, mas como tinha de renunciar à maior parte deles para aproveitar algum, ficava com a sensação de que perdia mais do que ganhava.

Ah... lassidão...

O pior da ressaca eram a culpa e os arrependimentos — a sensação de que todos à minha volta haviam visto o que eu fiz e me recriminavam. Que eu agira como um glutão, sem estilo e sem seletividade. Que engolia qualquer coisa que aparecia à minha frente, independentemente de gosto, espécie ou apetite. Posso até imaginar vocês mesmos me recriminando, apontando o dedo para mim e me acusando. Mas eu não me lamento agora, pois não estou de ressaca, e faz um bom tempo que larguei essa vida...

Mas nenhum de vocês deveria me recriminar. Duvido que saibam o que é ser um jacaré e, mesmo assim, ainda não conseguem abandonar seus estímulos orais. Por isso o cigarro entre os lábios, o copo na mão, o chiclete na boca. Por isso o beijo de boa-noite, o café da manhã, a bomba no chimarrão. Os que conseguem transcender isso não conseguem deixar de contar vantagem: falar, falar, falar para manter a língua trabalhando. É inevitável. Ou ainda com os dedos, sim, aqueles que falam com as mãos, os dedos, sinais de surdo-mudo, escrevendo livros.

Bobagem dizer também que isso é uma teoria freudiana, que os humanos só fazem isso por um estímulo ancestral, a amamentação, fraqueza de mamíferos. Eu, como ovíparo, nunca conheci o seio quente de uma mãe... mas ainda assim preciso me sentir preenchido. A boca é apenas um canal representativo do vazio dos seres vivos. Um saco sem fundo que nunca se consegue abastecer. Há pessoas que tentam por outros orifícios, e para isso existem os headphones, as seringas, os consolos...

Todos os prazeres são orais. Aliás...

Bem, voltando à minha miséria subterrânea, além da ressaca, da culpa e daquela sensação pastosa na boca, percebi que estava mesmo afundando na lama. Não apenas no sentido figurado, o caldo do esgoto havia engrossado de tal forma que eu mal nadava, rastejava num meio mais viscoso do que líquido.

Talvez fosse isso que os ratos tentavam evitar. As entradas abertas de tal forma que o esgoto não mais fluísse livremente. Eram dejetos demais.

Rastejei por aquele melado coberto e encontrei Artur Alvim sentado num canto. Ao me ver, ele não esboçou nenhuma reação. Estava curvado, posição fetal, com um olhar abatido, quase moribundo. Não vi Vergueiro ao seu lado.

"Cadê o sapo?"

Artur Alvim levantou a cabeça, olhou para mim e ameaçou vomitar. Depois respirou fundo. Fechou os olhos e me disse:

"Eu engoli."

"Engoliu?"

"Sim, estou passando mal."

"E desde quando sapo funciona como antiácido?"

"Estou passando mal porque eu o engoli! Eu estava muito chapado. Lembrei daquela história de sapo ser alucinógeno, um amigo meu me desafiou..."

Amigos, amigos, viagens à parte. Eu imaginava Vergueiro coaxando em seu interior.

"Bem, só há um jeito agora. Vamos ter de abrir sua barriga e tirar Vergueiro de lá."

Ele não me levou a sério. Só choramingou: "Bem que eu queria..."

Artur Alvim estava tão miserável que parecia nem ligar se eu o engolisse. Mas imagine como seria um sapo dentro de um garoto dentro de um jacaré? Eu não podia pensar em comer comida estragada, ainda mais no meu estado de ressaca.

Nessa hora aflorou em mim um inesperado lato paternal: "Você não tem levado uma vida muito saudável para a sua idade, Arturzito. Deveria aproveitar mais o sol, consumir laticínios, ir à escola. Veja só, tão novo e já afundando nessa lama..."

Eu mesmo pensava no sol do Pantanal, nas piranhas sorridentes, sentia falta das capivaras; mas era só por causa da ressaca. Quando eu melhorasse, iria querer correr de volta para o esgoto e comer aqueles piranhitas pós-púberes. É como ressaca de alcoólatra... se o alcoólatra larga o copo o suficiente para senti-la.

"Eu não tive escolha. Acha que vivo aqui embaixo porque eu quero?", me disse o guri. "Todo lado para onde ando me leva ao ralo. Foi isso que ganhei consumindo laticínios."

Artur Alvim me contou que fora garoto-propaganda de uma famosa marca de laticínios. Era um garoto prodígio, nas telas desde os cinco anos. Em todos os supermercados aonde ia, senhoras rechonchudas puxavam suas bochechas e diziam como queriam ter filhos como ele. Elas podiam, bastava pagar a volumosa soma que a agência cobrava pelos serviços do pequeno. Ele se sentava na sala de estar com a colher no iogurte, enquanto as vovozinhas tocavam "Carinhoso" no piano. "Vamos, pimpolho, coma, coma mais iogurte. *E os meus oooolhos ficam sorrindo...*"

Claro, para aguentar essa rotina estressante, ele tomava todo tipo de bolinhas, engolia pilhas, uma nova carreira a cada minuto. E suas pernas foram crescendo mais que seus braços. Seus braços crescendo mais do que a cabeça. O nariz maior do que o estômago. Às voltas com a pré-adolescência, queriam derramar outros tipos de leite sobre ele. Assim Artur Alvim acabou desaguando no esgoto.

"Pelo menos aqui embaixo ninguém pergunta para que time eu torço. É uma maldição ser menino neste país e não gostar de futebol."

Eu não entendi exatamente o que ele queria dizer. Mas também não me esforcei muito. Um jacaré como eu jamais poderia entender um garoto como ele. Estávamos separados pelo apetite. Como eu dizia, talheres separam melhor a carne da casca do que amizades...

Deixei-o com seus próprios lamentos e andei por todo lado procurando Voltaire. Ao menos era alguém que poderia me dar conselhos. Com quem eu poderia me lamentar. Que poderia me propor novas maneiras de vida. Mas ele não estava em nenhum lugar por lá. Eu me perguntava se havia sido pego por um outro cozinheiro. Ou se eu mesmo não o havia engolido. Oh, nessas horas de ressaca você se arrepende do que fez, do que não fez e do que não sabe ao certo. Eu não sabia. E a dor de cabeça não me deixava pensar. Artur Alvim engoliu seu amigo sapo. Eu poderia ter engolido o meu crustáceo. Quem sabe as amizades no fundo não são todas assim? No fundo, queremos engolir nossos amigos. Procuramos neles o que não encontramos em nós. E pela aproximação fingimos que suas qualidades são nossas. Fingimos que são nossas suas forças, suas inteligências, seus nutrientes. Queremos introjetar tudo isso, colocar para dentro. Então, dessa forma, a amizade não seria uma carência, uma forma de fugir do medo, o medo da morte, seria uma maneira de matar uma fome ideológica. E talvez (a maioria dos) humanos não termine em canibalismo apenas por medo das consequências. Todos esperando uma chance de engolir seus amigos...

Será que eu queria engolir os meus? Não, não, acreditava que não. Só se essa vontade estivesse muito implícita no meu inconsciente. Muito inconsciente na minha mente ressaqueada. Afinal, na alegoria humana, a amizade são os pratos, talheres e toalhas sobre a mesa. O amor, esse sim, esse sim é um prato servido quente. Oh, e eu me empanturrei tanto no couvert...

Se meus pensamentos não parecem claros, são resquícios do passado. Apesar da leseira, vejo tudo com muito mais clareza do que antes. Sim, agora vejo tudo com muito mais razão. Mesmo porque alguém com uma confusão mental daquelas não poderia ordenar as palavras da maneira como eu faço agora. Nem com editor e revisão, nem com reescrita e preparação. Não. Uma mente doentia, como a que eu tinha, não seria capaz de acertar os dedos nas teclas. É como eu sempre digo: a história dos loucos só pode ser contada pelos sãos.

A iluminação que me atinge agora começou naquele exato momento, naquele instante em que eu me afundava em dúvidas — e em lama — procurando por Voltaire. Minha cabeça doía como que atingida por uma britadeira. Meu ouvido zumbia como se perfurado por uma escavação. E assim era. A lama subia e se acumulava e era misturada a concreto e caos de alta tensão. Havia algo diferente. Novas possibilidades se abriam. Uma fenda se abria sobre minha cabeça, e a luz, a iluminação...

Eu vi o céu da rua. As estrelas brilhando. Eram poucas, sim, menos de uma dúzia, mas estavam lá em cima. Os postes e as máquinas também. Era pouco para chamar de luz. Não era o bastante como o sol. Mas, para quem estava acostumado a viver submerso, escondido e enterrado, aquilo eram holofotes dos mais intensos watts. O céu da rua se abria para nós.

"Andava pelas estrelas, olhando a sarjeta."

O que era aquilo? Eu caí na minha razão. Apesar de ficar maravilhado, sentir o ar puro nas minhas narinas, eu tinha de entender por que aquilo acontecia. Por que aquela fenda se abria e nosso subterrâneo ficava exposto, inseguro, vulnerável?

Obras, como previra Voltaire. Uma grande fenda na rua que colocava para fora o que estava por baixo, nós, os antígenos. Máquinas sugavam a lama escondida, trabalhadores desciam até onde ninguém trabalhava. Eu ficava lá, de boca aberta. Sem saber para onde ir, nem o que dizer.

"Vejam só, não é que há jacarés aqui?!"

Jacarés não. Pelo que sei, eu era o único. Só mesmo um arigó para me genera-pluralizar. Ele avançou para me fazer um carinho e eu fiz a única coisa que podia, claro, avancei para morder.

"Opa, o bicho é bravo."

Bravo não, eu estava de ressaca. Queria ficar em paz e aqueles trabalhadores abriam meu teto e enfiavam a mão na minha cara — o que era aquilo? Um engenheiro ao lado dele deu o aviso. "Não se preocupe. Não mexa nele. Logo chegam os técnicos da Universidade para dar um jeito nesses bichos."

"Esses bichos", mais uma vez eles generalizavam. Como se eu fosse mais um, como se eu fosse igual a todos os outros, como se eu fosse igual aos ratos, às baratas, que nem falar sabiam. Eu tinha uma longa história para contar, mas não seria para aqueles peões de obra.

Tentei sair dali para um canto seguro, coberto, escuro. Impossível. Eles abriam o teto conforme eu rastejava e as estrelas riam da minha cara. Só não dei nome às estrelas porque elas pareciam todas iguais.

Foi assim que me levaram. Me tiraram do esgoto. Me colocaram numa jaula para o centro de pesquisas da Universidade. Eram os "técnicos", como eles chamaram — laçaram minha boca e me imobilizaram. Só assim para eu ficar quieto. Também não queriam ouvir o que eu tinha a dizer. Não se importavam. Tinham seus próprios métodos, teses e teorias. Colhiam respostas em lâminas de microscópio. Não queriam conhecer minha biografia, só minha biologia.

Fui sacudindo em seu caminhão, incerto do meu destino. Ao meu lado, em jaulas separadas, macacos de circo, cachorros de rua, papagaios de pirata. A fauna urbana protegida, colocada na cadeia para manter o ser humano distante. Eu já tinha ouvido sobre o que eles faziam: jardins zoológicos, institutos butantãs. Alguém me perguntou se eu concordava? Não. Mas, como pais dedicados, eles diriam que era para o meu bem.

E foi exatamente isso que escutei algumas horas depois. Que humilhação ser tratado dessa forma! Ainda mais pela ciência. Se fosse por amor, se fosse por admiração, mas esse povo biológico pega a gente, joga para um lado e para o outro, marca nossa carcaça, enfia um microchip e diz que é para o nosso bem. Pior ainda são aqueles que filmam tudo e fazem disso um espetáculo. Mostram na TV a cabo e ganham uma nota às custas dos nossos instintos. Se quisessem mesmo nos ajudar, seria melhor laçarem, aprisionarem e exibirem os caçadores.

O caminhão sacudia tanto que achei que fosse vomitar. Era meu primeiro passeio num veículo automotivo, antes as rodas passavam sobre mim. Quando parou, minha cabeça zumbia e meu corpo continuava rodando, numa inércia psicológica. Os técnicos foram tirando as jaulas do caminhão e eu esperava a minha vez. Um só não daria conta, foram necessários três para me tirar de lá. Bem, bem, se me tirassem da jaula, seria muito mais fácil. Eu poderia caminhar com minhas próprias patas, era só mostrar a direção. Mas eles não me consideravam capaz...

Até que um deles, um pouco mais sensato, reconheceu que eu tinha um diferencial: "Esse não. Esse vai para o laboratório lá em cima. Ele é dos especiais."

Quase me senti lisonjeado. Puxa, "especial" não é para qualquer um. Mas logo percebi que aquilo era o mesmo que dizer que determinado prato é "especial" apenas por ter tudo o que os outros deveriam ter em primeiro lugar, sabe como é? Como aqueles panetones chamados de "maxi" apenas porque vêm com uma quantidade razoável de frutas cristalizadas. Como aqueles iogurtes considerados extracremosos apenas porque os outros se tornaram aguados demais. Bem, eu era apenas mais um. Mais um "dos especiais". Quantos pode haver? Se fôssemos demais, não seríamos especiais. Mas para ser especial junto a outros, eu preferia ser ordinário. Afinal, sempre acreditamos sermos únicos, talentosos, exclusivos. E sempre podemos nos proteger dos contraditores, colorindo-os com inveja, ignorância, competição. Mas se nos reconhecem como diferentes, e nos mostram que somos tão especiais quanto outros que já cruzaram seu caminho, então não há mais nada para nos proteger. É como tirar 110 num teste de QI. Não podemos nos orgulhar de genialidade nem zombarmos da demência.

Ah, minha demência. Pois então os três homens me levaram pelos corredores, elevadores e escadas da Universidade, algo como um esgoto seco — ou melhor, ainda não inundado. Era só virar as válvulas, abrir o registro, que se inundaria de baratas, ratos, moscas. Talvez por isso usassem luzes frias, para não atrair os bichos. Então o que eu estava fazendo lá? O esquema deveria ser exatamente esse: frequentar primeiro uma escola inundada, o esgoto, onde eu aprendi a ler, falar, negociar com outros animais. Depois de graduado, me transferiram para outro campus. Um campus seco. Lá eu faria meu mestrado, quem sabe em rapto, tortura, assassinato.

Me deixaram numa sala ampla, algo como um laboratório. Mas além dos béqueres, pipetas, buretas e microscópios, não havia muita coisa. Não havia nenhum outro animal, para minha surpresa. Felizmente, não havia ratinhos brancos... Pelo jeito, eu era mesmo o único especial. Pelo menos naquela noite. Os técnicos me depositaram num canto e saíram. Ao menos apagaram as luzes. Eu não conseguiria dormir com aquelas lâmpadas frias...

Quase não dormi. Foi naquela noite que comecei a recapitular. Minha navegação até o esgoto. As bitucas de Vergueiro. As mãos de Ana Rosa. Multas do Patriarca. Naquela noite comecei a organizar minhas memórias e dar sentido à minha história. Comecei a refletir sobre tudo o que havia acontecido nos últimos tempos, tempos que eu nem sabia ao certo se formavam meses ou anos.

E, com tristeza, constatei que não me sentia mais tão jovem. Será que é isso o que fazem com a petizada? Será que é isso que fazem as instituições de ensino? Aprisionam e adestram até que eles sintam o peso secular da academia sobre seus ombros? Eu sentia. Bastavam a jaula e os maus modos. Bastavam a luz fria e as portas trancadas para perceber o quanto eu me tornava um rapaz amadurecido. É um rito de passagem. Entrar na Universidade. Mesmo que muitos façam por livre e espontânea... não deixa de ser livre e espontânea jaula. Será que é por isso que os calouros são chamados de bixos?

Ou talvez não. Talvez fosse o contrário: se eu não tivesse amadurecido, não teria sido levado para lá. Ainda estaria brincando com Brás, conversando com Vergueiro. Oh, o tempo passa e se não emergimos, afundamos...

Esses pensamentos não me ajudaram a pegar no sono, claro que não. Era preciso que eu me pegasse em detalhes estranhos. A lama embaixo dos meus pés, a sensação de afundar, e mergulhar, mergulhar no sono. Mergulhar, mergulhar na neve, embora eu nunca tivesse a experiência verdadeira de um contato glacial. Era só uma ideia abstrata. E só eram necessárias ideias abstratas para eu adormecer. Mas quando eu comecei a sonhar com a neve, acenderam novamente a fosforescência das luzes.

"Ora, ora, se não é nosso jacaré prodigioso."

À minha frente eu via um parente distante. Não, nem tanto, apenas um sujeito com traços semelhantes, vocês diriam. Vocês diriam que era parecido comigo, se não reparassem bem nos detalhes. Um focinho mais longo, bocarra, mandíbula. Ligeiramente empinado, um pouco esnobe, olhava para mim. Me via por trás de óculos, e isso já provava que ele não era um qualquer. Um gavial, entrando em duas patas e conversando comigo.

"Você fala?", perguntei.

Ele riu. "Haha, claro que sim, você não fala também?"

"..." (Eu não sabia o que dizer.)

"Eu não estaria aqui se não falasse. E você também não. A não ser que fosse prodigioso em álgebra ou equações exponenciais. Você sabe, os acadêmicos sempre valorizam mais as ciências exatas."

Eu não estava entendendo nada. Aquele crocodiliano de nariz afiado me falando de matemática e me medindo com os olhos. Por mais "prodigioso" que eu fosse, tudo o que eu sabia era de tóxicos e taxas.

"Oh, não se preocupe, todo o resto não importa." Ele falava, como se lendo meus pensamentos. Ou como se lesse meus pensamentos e quisesse me confortar, mas no fundo não era o que ele acreditava. Porque aquele gavial matemático só queria me medir. Então me tratava com adulação.

"Não é preciso me bajular. Cada um sabe o que é preciso para sobreviver no seu próprio hábitat", disse eu. "Oh, sim, sim, lógico, lógico. Não estou dizendo o contrário. Mas como o hábitat natural de nós dois é um charco imaculado — e estamos longe disso —, estamos aqui para argumentar, não?"

Pensei que "charco imaculado" fosse um paradoxo, mas naquele ambiente universitário poderia não ser. Se discutíamos sobre isso a seco, sob luzes frias, quão longe poderíamos estar? E se estávamos longe demais, como poderíamos afundar... paradoxar...

"Raciocínio abstrato não é a especialidade daqui. É a sua, não?"

Ai, eu odiava o jeito daquele gavial terminar suas afirmações com perguntas que só me limitavam ("...não?"). Ele poderia até mesmo estar tomando notas. Mentalmente. Como eu poderia conhecer a capacidade de sua mente ardilosa, crocodilosa... Ai!, cansei de pensar. "Não se preocupe, logo ligam os bicos de gás e nossa conversa será muito mais fluente..."

Reparei nos bicos de gás espalhados pelo laboratório. Não serviam apenas para aquecer buretas sobre telas de amianto. Esquentavam também conversas de gaviais, que inalavam o gás sob suas narinas. Era esse seu combustível?

"Perdão, ainda não me apresentei", emendou, "me chamo Kléber, seu nome eu já sei."

Não esticou a mão porque eu continuava preso numa jaula. E também porque aquele seria um cumprimento demasiadamente humano para nós. Mas percebeu minha condição e continuou: "Perdoe-nos por seu enclausuramento, mas é só por um tempo. Logo você estará preparado para andar por aí. Eu mesmo, perceba, não posso dar tanta bandeira. Não é todo mundo que aceita um crocodiliano em óculos de leitura."

Sobre o que ele estava falando? Quem eram eles? Por que eu tinha de dialogar trancado com outro crocodiliano que entrava e saía livremente?

"Logo todas as suas perguntas serão respondidas. Até lá, tente não formular outras, sim? Você já tem uma quantidade razoável para nos manter ocupados."

Ele parecia ler todos os meus pensamentos. Talvez fossem aqueles óculos que trouxessem essa habilidade...

"Você deve estar com fome, não? Sede? Quer usar o toalete? Hum... bem, você morava no esgoto, não é? Então não vai se importar em fazer suas necessidades aí mesmo na jaula, ok? Posso tentar arrumar uma banheira para você também, se fizer questão. Mas andam cortando tanta verba deste departamento... E você, como jacaré emergente, não deve mais estar tão apegado à água, está?"

Eu não estava nem um pouco a fim de conversar. Na verdade, naquela hora, o que eu mais queria era mesmo mergulhar num pantanal. Passara quase toda a noite acordado. Estava irritado e com fome. E tinha de aguentar as frescuras de um gavial. Ah, alguém me tire daqui!

"Bem, bem, se você não disser nada vai acabar sendo mandado para o zoológico. Garantiram que você era um animal mais articulado. É melhor ir elaborando seus motivos, não temos espaço aqui para selvagens nem para silvestres."

A revolta me subiu à garganta como um refluxo de Coca-Cola. "E quem disse que quero espaço aqui? Fui praticamente raptado e trazido para esta sala! Não sou obrigado a dizer nada!"

Ele me olhou com ironia e sorriu. "Oh, sim, sim, compreendo sua indignação. Isso passa, foi assim comigo também. Abduzido, eu diria, não é?"

Odeio essas pessoas que tentam transformar experiências particulares em senso comum, generalizar impressões, sentimentos, se identificar com nossos aspectos exclusivos. Assim são os cientistas. Assim são os gaviais. Assim são todos aqueles que se acham maduros, mas que só podem se achar assim se comparando com os demais. "Afinal, qual é seu posto aqui?", perguntei eu. Ele pigarreou e, enquanto tentava tirar títulos de status dentre seus dentes, dava respostas vagas, travestidas de explicação técnica: "Bem, coordeno a questão organizacional do laboratório e..."

A porta se abriu e outro animal entrou. Um jabuti, pequeno e vagaroso, também em óculos de leitura. "Kléber é meu assistente aqui no laboratório. Por favor, Kléber, derrubei novamente café em toda a minha mesa. Nunca vou aprender a usar aquela cafeteira. Pode dar uma limpada lá enquanto converso com nosso amigo?"

O gavial perdeu a pose e deixou a sala rastejando. O jabuti se aproximou da minha jaula com um ar bondoso. "Me desculpe, não posso cumprimentá-lo propriamente ainda sem ter certeza de que você não irá me atacar. Meu nome é Goncourt, doutor Goncourt. Conseguiu ficar confortável nessa jaula?"

Dr. Goncourt tinha uma voz rouca e final, como a de um velho oriental num filme ruim de Hollywood. Eu nunca tinha ouvido a voz de um jabuti antes, então não podia dizer se ele era realmente velho, ou oriental, mas achava que sim. Talvez ainda mais pelo título de "doutor" — isso sugeria uma certa posição e uma certa experiência. As rugas em seu rosto também, mas isso é comum nos répteis. De qualquer forma, não acredito que um jabuti, por mais novo que fosse, poderia se tornar um "esportista" ou "disque-jóquei". O temperamento calmo e o modo vagaroso sugeriam sempre velhice — e sempre posições acadêmicas. Além do mais, com as ameaças constantes de extinção, era de se acreditar que a maioria dos jabutis sobreviventes tivesse mais de 100 anos de idade. Tudo isso me despertou certa boa vontade para conversar com ele.

"Quero saber o que está acontecendo! Por que fui trazido para cá, colocado nessa jaula?"

"Calma, calma, meu jovem. Não fique tão indignado. Eu sei que você não teve um tratamento digno em primeiro lugar, mas tem de convir que se expôs a esse risco. Não estava em seu hábitat natural, devorou diversos *Homo sapiens sapiens* — bem, talvez não tão *sapiens* assim —, mas é normal que eles quisessem ao menos se defender. Você invadiu o território deles, não é? Veja bem, eu não estou dizendo que isso justifica nossas ações, mas pelo menos as explica."

Aquilo se tornava mais nebuloso para mim. Eu estava sendo condenado por meus crimes... ou melhor, por meus desejos, pela minha fome?

"Mas quem são vocês para me julgar? Estou conversando com um jabuti em óculos de leitura, um gavial que trabalha num laboratório. Vocês acham que estão nos seus hábitats naturais?"

Talvez então ele tenha dado um sorriso. Como a boca dos jabutis é tão inexpressiva, eu não conseguia ter certeza. Não tem gente que fala que os jacarés estão sempre sorrindo? Oh, logo nós...

"Você é mesmo muito articulado, meu rapaz. Nós estávamos certos. Você é um dos nossos — ou pode vir a ser. É por isso que o trouxemos aqui, não para o condenar. Queremos estudá-lo, estudar com você, e prepará-lo para ensinar."

Ensinar? Essa era boa. Tudo o que eu queria era mergulhar. Queria provar o gosto de uma vida intensa, as migalhas da miséria humana. Queria mastigar, nadar, afundar. Foi por isso que larguei meus rios, e eles queriam me prender numa sala?

"Eu não estou estudando nada. Como me acharam? Quem me trouxe aqui? O que vocês têm a ver com os humanos? O que tudo isso tem a ver comigo?"

Ele pareceu sorrir novamente, como um professor estimulado pela curiosidade do aluno. "Vou te explicar os pormenores. Não estou aqui para fazer mistério. Aliás, foi por isso que eu vim cedo, para te receber de manhã e te explicar a situação. Entendo que você esteja confuso. Eu também estaria, se não tivesse sido criado em laboratório. Admiro muito essa energia e essa curiosidade dos jovens. É com pessoas como você que eu quero trabalhar."

Eu já estava cansado de ser avaliado por outros répteis. Minha vontade era dar uma de Super Mario e pular sobre a cabeça dele. "E quem disse que eu quero trabalhar com você?"

Ele balançou um pouco a cabeça, no que poderia ser irritação. Mas também acho que é impossível chegar a ponto de irritar um jabuti. Nem eu conseguiria.

"Bem, bem, nós te daremos opções. Voltar ao esgoto você não pode. Aquilo agora é propriedade privada, nunca pertenceu realmente a você. Devia saber quando abandonou seu pântano, são os riscos da cidade. A maioria termina nos zoológicos ou nos açougues. Mas você tem talento e acho que podemos te oferecer mais. É com você."

"Me conte toda a história..."

"Muito bem, muito bem. Deixe-me ver aqui. Eu também não sei a história inteira, só faço parte do sistema. Sou uma minúscula roda da engrenagem. Sou um nervo do dedo do pé do dragão."

Ele divagava em comparações enquanto folheava fichas que deveriam ser sobre mim. "Sim, veja só, seu caso, me lembrei. A sua área estava sendo comprada por essa empresa privada.

Vários *sapiens* — humanos — haviam alertado as autoridades sobre animais vivendo por lá, no esgoto. A empresa que comprou a área nos contratou para averiguar, checar a veracidade das denúncias e avaliar a situação dos animais do local. Devo dizer que essa não é uma atitude comum nas organizações empresariais — eles foram muito corretos política e ambientalmente —, normalmente eles realizam suas demolições sem se importar com o que há por baixo. Pois bem, mandamos um de nossos agentes para lá, para averiguar. Eles nos contou sobre a organização dos roedores, sobre toda a corrupção que corria e sobre você, com uma ênfase especial. Ele ficou muito bem impressionado com sua inteligência."

Ele nem precisava falar. Eu sabia exatamente quem era o agente que eles infiltraram.

"Voltaire. Sim, era ele", Dr. Goncourt me confirmou. "Ele é um de nossos melhores pesquisadores de campo."

Então Voltaire estava por lá? Voltaire trabalhava com eles naquele laboratório, naquela universidade?

"Sim, sim, mas ele não vem muito aqui. Como eu disse, o trabalho dele é mais em campo. Eu sou o coordenador da pesquisa laboratorial, mas temos vários outros animais encarregados de outras áreas. Você vai conhecê-los com o tempo. Ainda é cedo."

Animais estudando animais. Animais exercendo funções que eu supunha serem humanas. Naquela hora, comecei a questionar se eu não havia feito um juízo errado de toda a situação. Um juízo errado da minha própria situação. Eu, que me considerava um réptil tão especial, talentoso, agora era cercado por outros que desempenhavam funções muito mais elaboradas. De repente, eu era apenas outro jacaré caipira, e meus parentes, que ficaram lá nos pântanos, eram uma minoria desprezível.

"Não, não é bem assim", Dr. Goncourt me explicou em seguida, "você foi trazido aqui por ter algo de especial, sim. É claro que falta uma especialização, talvez um pouco de estudo, mas seu potencial é impressionante. Não é qualquer *Caiman* que consegue se desenvolver tanto. Os que conseguem estão aqui, trabalhando neste centro."

Hum... o que faltava então era adestramento? Então todo o meu desenvolvimento era para aquilo? Para ocupar um posto acadêmico? E se eu quisesse utilizar meu talento para a arte, para o crime, para a diversão? "Seria um desperdício. É importante você explorar ao máximo suas possibilidades, desenvolver-se a ponto de ser o primeiro crocodiliano a chegar à Lua. É isso o que estamos lhe oferecendo." Para que chegar à Lua se as estrelas zombavam de mim? Eu só queria chegar à rua.

Em seguida, ele me explicou a função deles na Universidade. Por que todo aquele desenvolvimento e pesquisa era realizado por animais. Dizia que até havia humanos que participavam do processo, mas não eram tão focados e dedicados como os bichos. "Veja bem, *Homo sapiens* (*sapiens*) acordam tarde, perdem a hora, têm crises afetivas e feriados para comemorar. Eles têm religião, vão a enterros de parentes, sofrem de cefaleia e dor de cabeça, não se entrosam com seus superiores. Bebem café para acordar, tomam Valium para dormir, fumam para esquecer e se esforçam para lembrar. Têm tantas particularidades, tantas dúvidas e dívidas, que é mais fácil trabalharmos com animais. Claro que os *sapiens* continuam acreditando que mandam em tudo aqui: eles é que financiam as pesquisas, cobram resultados e aparecem de vez em quando para dar opiniões, mas não interferem em grande coisa, nem sabem muito bem o que está se passando."

Aparentemente, era o Dr. Goncourt que não sabia o que estava se passando. Ou talvez soubesse. Mas, se os humanos não mandavam realmente, também não mandavam os animais. A pouca experiência que eu tivera já me mostrava que aqueles répteis estavam tão contaminados quanto quaisquer outros mamíferos-bípedes-primatas pelo poder, pela ciência, por óculos de leitura e bicos de gás. Talvez fosse uma engrenagem maior, o sistema, a Matrix, objetos animados, que se encarregavam de dominar humanos, animais, vírus. A caixa registradora é que os obrigava a alimentá-la, as fichas e os registros é que os obrigavam a preenchê-los. Os bicos de gás que queriam queimar. O asfalto que queria se abrir. Era para eles que todos nós trabalhávamos.

A supremacia das ideias, conceitos e minerais. Esse era o dragão do qual Dr. Goncourt era apenas um nervo do pé! Ah, ah...

"Você tem ideias filosóficas muito interessantes, continue falando."

Essa era a Dra. Blanche, uma garça, psicóloga da Universidade. Eu a conheci pela manhã, minha primeira manhã na Universidade. Consegui dormir pouco, com tantas incertezas de travesseiro. Quando o Dr. Goncourt me deixou, só pude fechar os olhos e esperar acordar num novo cenário. Apesar de dormir pouco, foi um sono pesado e intenso, como se eu estivesse descarregando todas as paixões do meu inconsciente de uma vez só.

Acordei com o bico da garça cutucando minhas têmporas. Era a única espécie de raio de sol que eu podia ver naquele laboratório. Ao sentir aquele bico, percebi que a manhã já tinha chegado. "Como está se sentindo?"

Difícil dizer assim que acordamos. A porta da autopercepção ainda não está totalmente aberta, nem a da inconsciência totalmente fechada; então fui respondendo às perguntas da Dra. Blanche com todas as palavras que eu conseguia encontrar entre minhas remelas. É isso o que podemos chamar de psicanálise?

Nossa relação era estranha. Eu seria naturalmente seu predador, mas ela agia como se a natureza não tivesse importância e tivéssemos transcendido completamente essas fraquezas — ou poderes. Eu não tinha tanta certeza. Seria a mesma coisa com um paciente humano homem e uma psicóloga atraente? A saliva escorrendo no canto da boca. A troca de desejos, ameaças, apetites. Mas, como queríamos brincar de civilizados, continuávamos agindo como se nada estivesse acontecendo.

Ela também devia ser a única ave na Universidade. Em poucos dias, eu conhecia outros répteis, mamíferos, anfíbios, peixes até, mas somente ela de ave. Talvez numa atitude de autoanálise (ou de justificativa), ela me explicara que os pássaros não davam bons cientistas — muito dispersos, ossos pneumáticos, com desejos de liberdade. Não conseguiam se concentrar, com asas para voar. Oh, claro, se eu tivesse asas, também não me prenderia a detalhes. "Mas e as aves terrestres", perguntei eu, "como as galinhas? Elas não estão sempre procurando por grãos?" A Dra. Blanche me olhou com um sorriso de ironia. "Melhor eu nem comentar isso."

Eu não acreditava em psicanálise, nem acreditava em terapia. Acho que para alguém com uma longa bocarra como a minha, deitar-se num divã só estimula ainda mais o narcisismo. Você sabe, pessoas autocentradas deviam se dedicar mais aos outros do que se sentar perante uma garça para falarem sobre si mesmas. Isso não é saudável. Mas, enfim, o que é saudável nesta terra civilizada?

Dra. Blanche me aconselhava a seguir uma carreira filosófica, embora eu quisesse mesmo seguir uma carreira artística. Dizia que minhas ideias dariam melhores teses do que poemas. Será que estava certa? Isso só vocês poderiam avaliar...

Já naquele primeiro dia, minha qualidade de vida na Universidade melhorou bastante. Tornou-se muito superior à minha qualidade de vida no esgoto. Não que isso garantisse minha felicidade. Era aquela qualidade de vida regular, sabe? Que obedece a padrões e se encaixa nos esquemas. Como um viciado que atravessa o inferno e depois agradece à igreja e ao casamento, que lhe "mostraram a luz", esperando um dia, quem sabe, chegar ao céu. Eu estava lá, na luz — luz fria —, nem por isso estava feliz. Uma satisfação padronizada, em horários e ocupações — mais ou menos como vivem os adultos da sua espécie, humanos. Acordar sempre na mesma hora — cedo —, dormir cedo porque o sono os atinge, ter horários fixos para as refeições, resignar-se em relacionamentos olivianos. É bom saber que o prato está sempre lá, mas não é isso que mata o apetite, é? Não basta termos arroz e feijão todo dia ao meio-dia; o melhor é não termos certeza de que o prato chegará até as cinco, mas ele sempre chegar. O contentamento da incerteza, a dádiva do acaso, a sensação de estarmos sendo protegidos pelo destino, e não acomodados pelo sistema. Ahhhh...

Depois daquela minha primeira conversa com a Dra. Blanche, me tiraram da jaula e me fizeram uma consulta odontológica. A dentista era a Dra. Pigalle, uma lêndea que diziam prodigiosa. Não é difícil ser prodigioso quando se é moldado pela natureza no tamanho e na qualidade exatas para determinado tipo de trabalho. Dra. Pigalle nem mesmo precisava tirar radiografias para examinar meus dentes, identificar cáries, remover o tártaro e a placa bacteriana. Ela penetrava entre eles e fazia um diagnóstico preciso. Eu, de boca aberta, nem tentava engoli-la. Ela era do tamanho do menor detrito que flutuava na minha boca, não faria a menor diferença no meu estômago.

"Hum... há quanto tempo você não escova os dentes, hein?"

Eu não me lembrava. Na infância, dependia da cooperação dos passarinhos para mantê-los limpos. Nunca soube de um jacaré com higiene bucal mais elaborada. "Escute, os jacarés que vivem nos pântanos realmente não precisam se preocupar. Mas você, com todos esses doces, esses salgadinhos. Veja só, que horror!", e puxou pelos púbicos dentre meus dentes.

Admito que ela me tirou um grande peso. Minha boca ficou mais leve depois da consulta. Fez algumas obturações, mas isso não foi um grande problema. O pior era aquela conversa de lêndea, aquela conversa de dentista. Fazia as mais estranhas perguntas quando eu não podia responder. Eu estava com a boca aberta, e se tentava fechá-la para vocalizar, Dra. Pigalle protestava. "Ei, mantenha a boca aberta, ou não consigo enxergar nada por aqui." Passei a aceitar o seu monólogo/diálogo como uma interpretação do meu futuro. Muito bem, a conversa dos dentistas funciona melhor do que as runas, do que as cartas, do que os búzios.

"Seus hábitos naturais não serão problema, se sua alimentação seguir pelo mesmo caminho. Ou você muda a sua dieta, ou assume a postura de animal civilizado e escova os dentes."

Depois da consulta, me deram um alojamento, um apartamento. Tinha uma cama, sim, tinha uma jacuzzi. Tinha um frigobar com postas de peixe congelado e um quadro com vista da Amazônia. Tinha eu, lá dentro, mas meus ideais continuavam submersos, como se correndo pelos canos, embaixo do carpete, atrás das paredes, ralo abaixo. Não é fácil satisfazer um réptil.

Também me parecia um pouco hipócrita levar a vida em estudos e pesquisas, sendo que minha maior ocupação continuava mesmo sendo queimar oxigênio e absorver proteínas animais. Digo: dormir, acordar, comer, me esquecer e me lembrar continuavam sendo minhas grandes motivações e ocupações, mas eles direcionavam minha vida como se o sentido dela fosse esclarecer uma grande questão, que eu mesmo nem sabia qual era. Um jogo, uma brincadeira. Então, de duas em duas horas, eles desmontavam e diziam: "Vamos tomar café." Aquilo também soava estranho a mim. Eu nunca bebi café. E vocês imaginam um gavial... ou uma garça com seu longo bico mergulhado numa xícara? Ah, não, eu não.

Por incrível que pareça, a companhia mais interessante que eu tinha por lá era uma instrumentadora. Da minha classe, sim, apesar de pertencer a outra ordem e família, era um réptil. Uma serpente, sucuri, chamada Jasmin. Era cínica, sim, era venenosa, apesar de sua espécie não o ser, mas admitia tudo isso, diferentemente dos outros animais presentes do laboratório. Ela aproveitava cada mililitro de sua civilidade, sem abrir mão da selvageria. Talvez, talvez, se eu compreendo bem, como... hum... uma boa secretária que cai na avenida... no carnaval.

E, como toda boa sucuri, Jasmin se perdia, se enrolava, se contorcia, parecia estar sempre sob o efeito de algum estimulante, e eu adorava isso. Eu adoraria me sentir como ela se sentia; mas nós, que andamos sobre patas, nunca poderemos aproveitar toda a beleza de um completo rastejar... contorcer... rastejar. Eu sempre tinha a impressão de que ela queria me enrolar. Sempre tinha a impressão de que ela se contradizia, não sabia muito bem o que estava fazendo, e isso era ótimo. Afinal, ela era uma serpente, não deveria estar trabalhando.

Ela pensava assim também, mas exercia sua função, garantindo respeito e confiabilidade.

Tinha um certo calibre, quero dizer, uma certa grossura e um comprimento maior do que uma fêmea geralmente tem. E isso me deixou ressabiado. Eu já havia me enganado com Ana Rosa/Anhangabaú — e se Jasmin também não fosse tão feminina quanto eu supunha? Eu não poderia perguntar isso a ela, seria indelicado. Mais indelicado ainda seria tentar examinar sua cloaca para identificar qual era seu verdadeiro sexo. Então só pude esperar que ela deixasse escapar a verdade em nossas conversas.

Era simpática comigo. Começou puxando papo, dizendo que assistira a um filme com um ator que era a minha cara. "Sim, *Alligator*", supus. "Não, *Pânico no lago*", ela disse, e me conquistou. Logo nos tornamos íntimos e ela me contou que fora encontrada num parque da cidade. Não conhecia seus pais nem sabia como tinha ido parar lá. Provavelmente trazida muito pequena, quem sabe num ovo, para ser vendida na cidade. Como cresceu entre ciclistas, pistas de cooper e quadras de vôlei, sonhava em ser esportista. Jogadora de vôlei — ao menos tinha o tamanho necessário. Logo a Universidade a descobriu. E, devido às suas aspirações, resolveram estudá-la. Quero dizer, não era comum ver uma sucuri — ou *Eunectes murinus*, como a chamava o Dr. Goncourt — com sonhos, pretensões, desejos de ascensão. Então não importava que ela quisesse ser esportista, o que importava era que queria algo mais. Levaram-na para a Universidade.

Aquilo acabou com minhas dúvidas sobre sua feminilidade. Um macho que se traveste de fêmea busca os traços mais caricatos e característicos de seu novo gênero. Um menino não tomaria hormônios femininos para se tornar uma boxeadora. Uma sucuri macho que se dizia fêmea não iria querer ser jogadora de vôlei. Ou não estou certo?

A chefe de Jasmin era a Dra. Charonne, uma cascavel velha e rabugenta, sempre mal-humorada e com o nariz empinado. Ela era responsável pela área empírica, mas conseguia dominar todo o resto da Universidade com seu olhar hipnotizante e sua língua afiada. A Dra. Blanche, por mais que fosse inteligente, simpática e prestativa, morria de medo dela. Era assim, aliás, com todos os homeotérmicos, que não podiam esconder da Dra. Charonne as suas próprias variações de temperatura.

Pelas fossetas loreais ela percebia as mínimas variações, o suor na testa, abaixo dos pelos, o arrepio nas penas. Ela podia perceber alguém vindo para a sala antes mesmo de a maçaneta virar, pelo calor do corpo. Funcionava como um radar e um detector de mentiras. Mas não tinha esse poder sobre nós, répteis, *herps*, pecilotérmicos. Então, a nosso ver, era veneno, autoritarismo e arrogância.

Eu não lamentava meus novos colegas, já havia passado por seres piores no esgoto. Aquela era uma fauna interessante e, de qualquer forma, era uma fauna. Raríssimas vezes os humanos nos visitavam. Quando o faziam, era apenas para fingir que supervisionavam os trabalhos, mas não entendiam exatamente o que se passava lá, o que estava sendo feito, sobre o que falávamos...

Minha rotina era assim: acordar cedo, fazer alguns testes com a Dra. Charonne e educação física com outros alunos. Quase diariamente eu tinha consultas com a Dra. Blanche e depois ia trabalhar nos estudos sobre o desenvolvimento dos animais em ambientes urbanos. Ia à biblioteca, lia Platão, Nietzsche, Jung, Schopenhauer, para fingir que estudava. Mas preferia mesmo ler Condessa de Ségur e Thomas Schimidt, meus autores favoritos. Era esse o meu cotidiano, e é por isso que eu queria levá-lo com uma visão mais artística. Não queria analisar minha própria realidade — história e destino — de um ponto de vista objetivo/filosófico. Eu queria transcender com o poder da arte. Mas não era para isso que a Universidade existia. Eles queriam responder a perguntas, ou ao menos dar aos humanos a impressão de que tentavam. Na verdade, todos os animais lá estavam apenas se autoestimulando cada vez mais, para se tornarem mais articulados, mais prolíficos e mais intelectualizados. Isso tudo não sei com qual finalidade, talvez apenas para alimentar um apetite mental crescente. E esses estímulos não se davam apenas através de estudos e experiências, não, também pelo consumo de substâncias químicas, ingestão de gases, bebidas alcoólicas. No fundo, o que todos queriam era provar a miséria da raça humana.

Eu queria dominar a beleza da selvageria animal.

Dra. Blanche chamava aquilo de "Paradoxo de Picasso". Não sei se foi ela mesma que inventou esse termo, mas fazia sentido. Dizia que o artista plástico Pablo Picasso tinha ido por um caminho filosófico parecido no desenvolvimento de sua arte. Ele estudava, se aprimorava, se desenvolvia para se aproximar mais da expressão infantil, da pintura feita por crianças. Era tanto um paradoxo quanto uma volta completa no ciclo. E eu queria chegar lá. Hum... não se diz que, quando se vai ficando mais velho, a gente quer resgatar as raízes? Talvez fosse isso: eu quisesse voltar para os pântanos sem ter de afundar na lama, entender mais o que fazia de mim um animal do que o que me transformara num estudante universitário. Dra. Blanche dizia que eu queria entender o sentido da natureza, e que essa era uma questão sem fim. Mas, enfim, o que eles queriam mesmo não era continuar perguntando, continuar se estimulando? Nada melhor do que perseguir perguntas sem resposta, paradoxos, "Paradoxos de Picasso".

Como jogos de civilidade, de tempos em tempos meus colegas formulavam respostas, diagramavam-nas seguindo padrões e as apresentavam como verdades. Isso eles chamavam de "tese de mestrado".

Bastava serem convincentes. Bastava que outros acreditassem. Bastava apoiarem-se no passado — alguém que cometera os mesmos erros, morrera, e deixara páginas em aberto. Se alguém pisara pelos mesmos passos na areia, o caminho deveria estar certo. Não importava a extensão da orla, não importava quão navegável o mar, outras opções se chamariam de vanguarda, e essa não era a rota da Universidade. Sempre haveria alguém que saberia mais do que você. Sim. E sempre haveria alguém para te guiar. Não importava o quanto estivéssemos perdidos, era melhor seguir o caminho já traçado. Eu achava que só um tsunami poderia nos salvar.

Claro que eu também disse isso à Dra. Blanche. Por que eu manteria minha longa boca fechada? Eu ia um pouco além do que ela poderia contradizer. Ela não tinha autoridade para responder aos meus questionamentos sobre a fidedignidade da Universidade. Me mandou conversar com o Dr. Goncourt. Ele sorriu daquela forma de jabuti, uma benevolência desdenhosa, como se eu fosse mais uma criança a teimar. No fim, acabaríamos todos voltando para as pegadas, rastejando. Deixaríamos de insistir e nos entregaríamos. Seguiríamos o lento caminho já traçado por um jabuti.

Pelo menos era nisso que ele acreditava. Talvez ele até preferisse que eu mantivesse minha teimosia e mostrasse a ele uma nova saída. Chamaria isso de "gênio", mas não acreditava que estava comigo. Era apenas minha bocarra. Minha enorme boca aberta que não podia deixar de teimar. Não podia deixar de insistir, perguntar, questionar. Minhas patas dispersas que queriam seguir para o mar.

Eles me mandaram conversar com outro professor para me orientar em meus estudos. Era o professor Garibaldi, um salmão, que dava aulas de dentro de seu aquário. Não era um aquário muito grande, nem muito limpo. Decorado apenas com pedrinhas no fundo, sem algas nem cavernas, nem qualquer outro animal para fazer companhia. Ele vivia lá sozinho, sempre a circular. Diziam que isso estimulava seus pensamentos. Que ele pensava como as bolinhas de oxigênio que subiam à superfície. O professor Garibaldi se aproximava do vidro, me olhava com olhos de peixe e escutava o que eu tinha a dizer. Não dizia muito. Quando falava, falava consigo mesmo, eu nem conseguia escutar. Afinal, ele estava embaixo d'água, suas palavras se propagavam com dificuldade. Mas os outros professores diziam que eu precisava me esforçar, tentar ler seus lábios, que eu captaria algo de importante; que ele não era de falar muito, mas, quando falava, não dava ponto sem nó.

Os outros estudantes tinham uma visão bem metafísica dos estudos e diziam que o professor Garibaldi conseguia captar coisas que nenhum outro podia. Faziam teses em torno disso, de como as ideias eram ondas de energia que se propagavam pelo ar como as ondas de rádio, luz ou som. Segundo eles, essas ondas se movimentavam mais lentamente dentro d'água, por isso alguém como o professor Garibaldi era capaz de captá-las. Circulando eternamente em seu aquário, com paredes de vidro como lentes, e a mente aberta, ele captava as teorias de todos e as processava em seu cérebro. Era por isso que falava pouco também. Seu sistema nervoso era ocupado demais na coordenação dessas ondas. Quando finalmente dizia algo, era uma conclusão de várias ideias processadas, e geralmente não havia ninguém para ouvir.

Essa era a ideia que alguns analisavam na teoria e todos seguiam na prática. Quero dizer, eles não entendiam como funcionava, mas ainda assim tinham um profundo respeito por tudo o que aquele salmão dizia.

Eu pensava que essa teoria anulava um pouco a genialidade individual, a iluminação autoral — como as pegadas na areia. As ideias todas já estariam flutuando por aí, Garibaldi seria apenas um receptor eficiente. Dra. Blanche contra-argumentava comigo que a teoria da "geração espontânea" — ainda que de ideias — já havia sido abandonada há séculos. E daí? Não é porque uma ideia foi abandonada há séculos que deixou de existir, não é? Talvez ainda flutuasse por aí, só precisasse de alguém para captá-la... De qualquer modo, me entristecia pensar que nada poderia ser inédito, nenhuma ideia originalmente formulada, apenas transformada, reciclada, condensada de ondas que nos levavam...

Enfim, por mais que eu tentasse entender aquelas bolhas, o que me ocupava a mente era imaginar como sua carne seria macia, alaranjada, brilhando através das guelras. Garibaldi era um salmão a poucos metros de mim. Filé de primeira. Seria muito pouco, um petisco muito pequeno para eu sacrificar minha civilidade. Ai, mas era difícil... a fome também estava sendo. Por mais que me saciassem com postas congeladas, minha natureza de caçador, predador, ficava insatisfeita. Não adiantam gravatas, esposas, esporas — quando a natureza do homem aperta, ele tem de sair tarde da noite para penetrar na primeira porta vermelha. Não adiantam saltos, coques, maquiagens — todo fevereiro a secretária cai na avenida...

Talvez fosse assim comigo. Por mais que pudesse flutuar naquela civilidade, faltavam distrações sórdidas para eu mergulhar, para eu continuar mentindo, para eu continuar fingindo, para eu continuar levando aquela vida que não era minha. Como a Páscoa para uma bombonière, eu esperava pela correnteza, para ser eu mesmo. Não deveria ser assim apenas comigo. A Dra. Blanche também precisava voar além. Jasmin precisava de um boi para apertar. Dra. Pigalle precisava do couro cabeludo... Todos nós precisávamos de distrações para afogar a mente. Dispersar daquele trabalho constante. Aquele exercício mental que parecia nunca terminar. Mastigando humanos, digerindo seus sonhos, um trabalho ininterrupto de analisar uma realidade que não era a nossa.

Aquela fome também despertava em mim uma série de sentimentos secundários que eu não sentiria em condições normais. Solidão/depressão. Eu estava mais integrado do que nunca. Pela primeira vez eu fazia parte de algo. Mas isso só ressaltava minha própria condição de solitário. Ver-se dentro de um grupo e não se identificar. Achar que suas dúvidas e suas contradições são exclusividade sua. Ahhhh...

Além da luz fria, não? A luz fria da Universidade dilatando meus poros, revelando as rachaduras em minhas placas, fosforescendo em meus olhos, era um pouco demais. Impossível não se deprimir vivendo o tempo inteiro nessa fotoinsensibilidade. Aquele estresse que dizem perturbar os répteis. Não basta não bater no vidro. Não basta não atacar latas de refrigerante. Eles deviam saber muito bem que o que mais perturba são aquelas luzes frias, a ausência do sol, o clima de profissionalismo — "Estamos fazendo algo muito importante" —, sendo que o que nós todos queremos é apenas o ócio. O ócio que alimenta e digere.

Eu não podia regurgitar essas crises depressivas, como não posso agora. Tinha que dissertá-las, argumentá-las, analisá-las com meus professores, colegas e pesquisadores. Isso me dava nos nervos. Veja bem, eu comecei bem antes, comecei a narrar bem antes de chegar na Universidade, mas só fui escrever depois disso. Então é inevitável que meu estilo seja contaminado por aquilo que aprendi, e "aquilo que me ensinaram". Tornar racionais os desejos mais sórdidos. Explicar em palavras aquilo que trava minha garganta. Era isso o que tinha de fazer diariamente na Universidade. E isso era o que me deixava cada vez mais enjoado, deprimido, angustiado.

Aliado a isso, os bicos de gás do laboratório. Os produtos químicos. O trabalho de instrumentadora de Jasmin, que deixava a seu alcance as substâncias mais ilícitas que os acadêmicos poderiam considerar legais. Era uma válvula de escape. Bolas de naftalina derretidas no aquário de Garibaldi. *Salmiakki* sob a língua bifurcada da Dra. Charonne. Goles de ácido sulfúrico para o Dr. Goncourt.

E para mim? Só me restava vomitar na privada. Tanta civilidade, peixe congelado, inventividades que não deveriam passar pelo meu organismo. Eu me debrucei sobre o vaso do meu dormitório e esperei que fossem embora. Imagine a dificuldade de tudo isso: dar marcha a ré pelo meu longo corpo de jacaré, driblar minha longa fileira de dentes e desaguar, desaguar para o lugar de onde deve ter vindo o conhecimento, de volta ao esgoto. Eu ficava vendo o redemoinho descer e desejava fazer parte, me jogar nele e descer até os confins da minha juventude, canos abaixo, os subterrâneos; até que o Dr. Goncourt me surpreendeu e se espantou:

"Oh, minha nossa! Rapaz, você está tentando o suicídio?"

Não era para tanto, sei que nunca conseguiria passar pelo cano. Meu tempo de jacaré subterrâneo já havia passado. Se não tivera aquela experiência na infância, não seria agora que me deixaria levar pela dinâmica do fluxo hidráulico. Só estava vomitando na privada. Mas, quando dei por mim, já havia três coalas me puxando para fora do banheiro. Uma injeção nas minhas juntas e eu adormecia, para acordar na enfermaria da Universidade com a Dra. Blanche.

"Está melhor?"

Não. Eu estava bem pior, sedado. Se o problema era depressão, aquela injeção só me tornava ainda mais melancólico, sonolento, desanimado. Ninguém tem um Prozac?

"Você estava fora de si. Foi uma medida de emergência para evitar que você se matasse."

Ora, por favor, alguém pode acreditar que um animal do meu tamanho conseguiria descer privada abaixo? Disse isso à doutora. Talvez ela tenha respondido com um sorriso, mas não era possível detectar tal expressão no bico de uma garça.

"Pagamos um preço caro pela civilidade, eu sei, mas não há o que fazer. Não podemos simplesmente renunciar a ela. Entenda, você é o que você se tornou, não adianta tentar voltar atrás. É como um adulto querer se refugiar na irresponsabilidade da infância. Melhor do que lutar contra a maturidade é se acostumar com ela, logo você se sentirá confortável."

E enquanto isso, sedativos? Não que eu não me sentisse confortável com a civilidade, me sentia confortável até demais — entediado; o que eu achava é que deveria haver outras alternativas para ela.

Meu destino não poderia ser tão analítico, acadêmico, seco. Eu queria experimentar. Eu queria experimentar a vida, não apenas observá-la num microscópio.

"A vida é muito maior do que podemos perceber. Você só está tirando filamentos e os colocando em placas de vidro", disse eu. A Dra. Blanche gostava das minhas metáforas. Mas achava que eram alegorias filosóficas, não artísticas. "Você devia escrever sobre isso. Você devia escrever sobre tudo isso, sobre sua visão de mundo, sua história. Você pode até acabar apresentando-a como tese. Não se preocupe se será um trabalho acadêmico, literário ou simplesmente um diário. O importante é registrar esses seus pensamentos. Depois nós vemos o que podemos fazer com eles. Você não vai ficar na Universidade para sempre, mas não pode sair agora. Não está preparado para viver lá fora. Primeiro você precisa se equipar, arrumar-se para o mundo recebê-lo de braços abertos. Saindo agora você seria levado direto para o zoológico. Nunca conseguiria um emprego decente."

"Mas quem disse que eu quero um emprego?"

"E pretende fazer o quê? Voltar a comer lixo? Viver no esgoto?"

"Para mim estava muito bom. Aliás, estava ficando cada vez melhor, até vocês me tirarem de lá."

"Pode ser agradável por um tempo. Mas não era uma vida saudável. Você logo contrairia doenças, vícios, terminaria como seus amigos, Vergueiro, Brás..."

"O que sabe sobre eles?"

"Sei tudo. Li o relatório de Voltaire."

O pior é que ela estava certa. Não adiantava tentar resgatar uma realidade que pertencia ao passado. Mesmo porque só parecia mais doce porque já estava distante. Se eu voltasse a ela, encontraria milhares de motivos para reclamar, me lamentar. Talvez até sentisse falta da luz fria dos laboratórios...

Então eu deveria me ocupar da minha tese. Meus escritos. Não é preciso que eu crie suspense sobre o resultado. O resultado está em suas mãos. Este livro nasceu de lá, dos escritos que eu comecei a fazer na Universidade, sem saber muito bem o resultado a que ia chegar. É este o meu trabalho. Um trabalho. Inevitável. Inevitável procurar um trabalho, depois que a mão do acaso e a mãe natureza me deserdaram. Não bastava mais ficar de papo para o ar. Eu já tinha ido longe demais para sobreviver sem esforço. Agora precisava trabalhar, batalhar, para os filés continuarem descendo pela minha goela. Ou então acabaria preso num zoológico.

Arte. Era esse o trabalho que eu queria. Sei que pode ser um pouco ingênuo, deslumbrado — é o que todos os adolescentes que não jogam futebol querem (e os que jogam ainda têm a pachorra de chamar isso de "futebol-arte"). Eu queria demonstrar talento para transcender a aridez do mundo. Queria provar — a mim mesmo — que havia algo mais: risadas ou palmas, plateias e viagens. Mas onde estava meu talento?

Se eu fosse mamífero — qualquer um deles — seria fácil arrumar um emprego artístico. Na televisão, no circo. Soube de alguns colegas — macacos, rinocerontes — que abandonaram a Universidade para isso. Eram comentados com um certo desdém pelos professores. Uma certa ironia. Como se fosse um trabalho menor. Mas tenho certeza de que se divertiam, ainda que muitas vezes trabalhassem apenas por amendoins.

E um réptil como eu? Já ouviu falar em jacarés no circo, na TV, em eventos esportivos? O máximo que eu poderia ganhar de grana era como carne exótica de caça. Eu também nunca soubera de jacarés em universidades...

Oh, mas era tão pouco o que eu sabia...

Não adianta culpar a sociedade, a Universidade, pela escolha e pelo direcionamento da minha vida profissional. Talvez se eu sorrisse diferente — se eu fosse panda, se eu fosse camelo —, outras portas poderiam ter se aberto para mim. Mas a carreira acadêmica me era oferecida — se não imposta — porque era nela que meu comportamento se encaixava. Não bastava desejar. Não adiantava pretender ser artista, se minhas metáforas eram compreendidas como dissertações. Talvez eu não tivesse mesmo alma de artista, talvez eu não tivesse aquela maldição. E o mundo ao redor poderia perceber isso muito melhor do que eu. Sim, qualquer um à sua frente conhece seu rosto melhor do que você conhece o espelho.

E o que eu via à minha frente? Santana. Estava lá também, trazida até a Universidade, provavelmente resgatada dos subterrâneos, reciclada, para cumprir uma nova função social — profissional. Não adiantava ela se ver como acadêmica — quando costumava acumular arquivos, teses, livros — se todos nós — que estávamos à sua frente — a víamos apenas como um velho tonel de óleo. Oh, pobre Santana, foi terminar na faxina... Tinha passado por uma bela recauchutada, sim. Estava mais polida, brilhante, metal escovado. Mas aquilo era apenas uniforme de trabalho, não conseguia esconder a idade, não conseguia esconder as marcas do tempo, os amassados da vida, a trilha da ferrugem. Podia ter se recuperado do alcoolismo, podia ter saído da lama, mas ainda era a mesma Santana. Sua essência era a mesma, e continuava como lata de lixo.

À primeira vista eu não entendi. Vendo-a repleta de papéis e documentos, achei que deveria estar trabalhando no arquivo da Universidade, de repente desenvolvendo uma tese, analisando bibliografias. Da última vez em que eu a vira, trabalhava para os ratos e tinha adquirido esse apetite pelo conhecimento. Foi isso que a fez afundar...

Então a Universidade a retirou dos fundos do fundo e deu a ela uma nova função. "É só um latão de reciclagem de papel", me disse a sucuri Jasmin, quando me viu conversando com Santana. "Hum... então é isso o que você faz aqui?" — não adiantava eu me enganar, Santana era funcionária da faxina.

Não sei muito bem por que fiquei decepcionado. Talvez eu já estivesse me contaminando pelos valores humanos, pretensões acadêmicas, esnobismo. Achava que Santana tinha algum mistério incompreendido, uma estranha genialidade; era estranho vê-la cuidando dos restos, rascunhos e sujeiras que ninguém mais queria. Kléber piorou ainda mais a situação, jogando nela um copinho vazio de café. Protestei:

"Ei, é só para depositar papéis!"

Ele nem ligou e rastejou em frente. Fui ajudar Santana a tirar o copinho lá de dentro. Não era por ser faxineira que precisava ser humilhada. Ela agradeceu me mostrando alguns documentos sobre a venda e o destino das nossas galerias subterrâneas.

"Eu posso ter um trabalho subalterno, mas ainda sei das coisas. E não me esqueço de onde vim", me disse ela.

Nem eu. E me surpreendi com os planos, plantas e relatórios que ela me mostrava. As antigas galerias, agora transformadas. Todo um estudo de engenharia, contratado por uma empresa privada. Sim, uma empresa que se apropriou do esgoto e lá construiu um parque de diversões temático. Como Patriarca previra. O que ele não sabia é que quem passou a governar tudo aquilo fora outro rato, um camundongo, com a ajuda de um pato e um cachorro (bem, vocês sabem de quem estou falando...).

Ao que me parecia, os animais voltavam a dominar a Terra. Então quando seria novamente a era dos répteis? Podíamos entregar a coleira na mão dos humanos, deixá-los construir suas casas sobre nossos formigueiros, que dominaríamos pelas beiradas, e viveríamos nas rachaduras, preencheríamos os espaços em branco, oh, tantos espaços em branco...

A civilidade criada por eles havia mudado de mãos — para patas. Suas naturezas pareciam mais fortes — do que as nossas — e eles não podiam fugir dos vícios, das preguiças, do ócio criado por suas próprias indústrias. Mas nós, animais, éramos muito mais eficientes em nosso adestramento, éramos mais dedicados. Um cão adestrado faz truques melhores do que um palhaço alcoolizado.

O problema era que, com o circo pegando fogo, quem mandaria o cão se sentar? Quem seria o responsável por manter nós, os animais, produtivos, se os humanos haviam se perdido, se esquecido, se condenado?

Era o que Patriarca havia tentado fazer. Exatamente: ele tentara segurar as rédeas — coleiras — do esgoto. Foi vencido pelo Mickey. E, naquela Universidade, quem fazia isso? Me parecia que lá os animais copiavam os piores defeitos dos humanos. Se perdiam sob produtos químicos. Copiavam suas drogas e imitavam seus vícios.

Mas eu não devia me preocupar. Eu não me preocupava, não me preocupo. Não serei eu o afetado pela explosão nuclear deflagrada por eles. Ficarei como as baratas, para catar as migalhas do último pacote de batatas fritas.

Resolvi conversar sobre tudo isso com o Dr. Goncourt. Por mais que a Dra. Blanche fosse simpática e atenciosa, era uma garça, e tinha aquela postura defensiva feminina que os pássaros têm diante dos predadores. Goncourt era réptil como eu, macho, e via tudo com muita objetividade. Assim, decidi levar diretamente a ele alguns de meus textos e questões.

"Hum... questões interessantes, meu jovem. Sim, você coloca questões interessantes aqui. Mas deve decidir se deseja escrever mesmo uma obra literária ou uma tese científica. Veja bem, você está em cima do muro, e num muro perante o qual se canta 'We Don't Need no Education' na versão da Cyndi Lauper. Se o que você quer realmente é escrever um livro de memórias, não se importe tanto com respostas, com a realidade; o que importa são as possibilidades, aquilo de que você se lembra, que faz sentido dentro do seu universo. Lembre-se: a realidade não importa."

Aquela era a melhor frase que eu já tinha ouvido. "A realidade não importa." A realidade não importa... A realidade não importa! Não importava mesmo. Mesmo porque ela nunca havia pertencido a mim. "Não, a realidade só pertence aos outros. É o que chamamos de padrão, lei, ordem. São os passos que temos de seguir para sermos compreendidos, aceitos e até amados pela sociedade. Mas o que você pensa e o que você vê são coisas bem diferentes. O que você sente é algo bem diferente da realidade. As interferências do seu cérebro, imagens e pensamentos passando sobre seu café da manhã. Quem dirá que uma panqueca dançarina não pode fazer parte do seu dia? Basta você imaginá-la que ela estará lá, existirá no seu universo pessoal."

Sim, sim, era aquela a realidade que importava. E era naquela realidade que eu vivia, a realidade individual. Panquecas talvez não dançassem, mas sapos fumavam, latas de óleo trabalhavam. Era por isso que parecia tão estranho, e eu parecia tão deslocado: porque não aceitava viver no meu próprio universo. Queria estabelecer uma realidade universal, que simplesmente não existia, não existia. Ao descobrir isso, todos começaram a dançar. Os animais se juntaram ao meu redor e dançaram, e cantaram, como num musical. Pena que minha voz seja tão rouca. Pena que eu nunca tenha aprendido a dançar...

Não, aquilo não fazia parte da minha realidade. Nunca aconteceu. Continuei taciturno, refletindo filosoficamente. "Você deveria conversar sobre isso com o professor Garibaldi", dizia Gouncourt. "Ele tem uma visão muito mais ampla. Está mergulhado nesse relativismo. Todos esses universos, todas essas visões, esses pensamentos passam por ele dentro daquele aquário. Ele é capaz de compreender os diferentes pontos de vista melhor do que ninguém, embora nem sempre possamos compreender o que ele diz." É, mas minha dificuldade de comunicação com ele não era só essa. Vocês sabem, um peixe no aquário. Por mais que eu tivesse transcendido os pântanos, ainda era um jacaré. Certos desejos nunca nos abandonam. Triste que muitas das pessoas que poderiam ter uma função maior em nossas vidas acabam realizando apenas uma função nutricional. Amigos ornamentais, amantes delivery, amores drive-thru. Abrimos e fechamos a boca e, quando vemos, já avançamos mais do que deveríamos. Depois, é impossível voltar atrás e resgatar uma amizade, um aprendizado, uma parceria. Meu estômago maior do que meu cérebro. Afinal, o cérebro também está embebido de hormônios que, diferentemente da água, só dificultam a circulação de ideias...

E o que é a circulação de ideias para quem não pode esvaziar as glândulas? Eu sentia que todo esse conhecimento — pensamentos, teorias — só contribuía para aumentar a tensão e o tesão latente dentro da Universidade. O cérebro se aquecendo, sem possibilidade de se dispersar. Por que não colocavam ao menos um playground, um buffet, um cruising bar nos intervalos?

"Como você é ingênuo, jacaré. Acha mesmo que nós não damos nossas escapadas? O que nos prende aqui? As janelas estão abertas, os ralos livres, as privadas desentupidas. Nós sempre arrumamos um jeito de sair... e descer."

Jasmin me contou aquilo. As serpentes sabem das coisas. E sempre arrumam uma fresta para passar, escorregar, descer. Mas e quanto ao Dr. Goncourt, à Dra. Blanche, à Dra. Charonne? "Claro que sim. Eles sabem que a gente precisa de distrações", como os bombons com conhaque na cantina escolar, coroinhas para os padres, como o homossexualismo no quartel...

"Eles também aproveitam."

"Saem e vão para onde?"

"Para o esgoto, onde mais? O seu pode ter sido aterrado, mas existem muitos outros por aí. A céu aberto ou não, com consumação mínima ou couvert artístico. Eu frequento um às margens do rio. Linda vista e ótimo movimento."

Vejam só, a ingenuidade continuava palitando meus dentes. Parecia que eu era o único enclausurado na racionalidade da minha consciência. Trabalhando vinte e quatro horas por dia, criando teses pessoais, nos considerando muito racionais. Contudo, todos os outros animais davam um jeito de escapar das luzes frias e voltar aos mangues, aos pântanos, esgotos, para tomar suas doses de sujeira. Ah, o que eu faria? Me juntaria a eles e continuaria com essa hipocrisia?

"Não acho certo essas dispersões. Estamos realizando um intenso trabalho mental. Temos de dar o exemplo. Não podemos ficar nos perdendo por aí. Precisamos mostrar que somos animais evoluídos, que deixamos de brincar na lama. Para preservarmos nossas conquistas temos de fechar totalmente as rotas de fuga."

Esse era eu, em conversa com o Dr. Goncourt. Ele baixava os olhos e só não corava de vergonha porque sua vergonha não podia ser vista sob as grossas crostas que cobrem o rosto dos quelônios. Tomou fôlego para defender sua hipocrisia: "Veja bem, não é que eu ache certo. Mas precisamos fechar os olhos para essas recaídas ou os animais daqui não aguentam a pressão."

"Não", eu coloquei. "É exatamente esse o problema. Eles nunca poderão ascender completamente enquanto houver uma saída para rastejarem. Os maus hábitos são mais poderosos do que os bons, você sabe, especialmente quando os maus hábitos fazem parte de milênios de incivilidade. O caranguejo nunca abandonará a lama se continuarmos permitindo que chegue até ela. Diferentemente do que pregam os ecologistas — que são humanos, afinal —, os coalas só poderão sobreviver no mundo atual se não houver um eucalipto sobre a Terra!"

Dr. Goncourt concordava comigo, em teoria, mas não conseguia evitar de dar sua bicada no tomate que apodrecia. Era preciso que eu tomasse as rédeas naquele momento. Se eu não podia evitar minhas obsessões, ao menos era um obsessivo produtivo. Conseguia pensar em minhas próprias fraquezas, da mesma forma que os outros só conseguiam se entregar a elas.

"O que vai fazer agora?"

Como o Dr. Goncourt me fez essa pergunta, ao invés de me dar uma resposta, tive de tomar uma providência. Pedi uma reunião com o superior humano naquela Universidade. "O professor Gabriel Péri? Ele jamais receberá você", eles diziam, tentando me desestimular, mas sabiam que, mais cedo ou mais tarde, eu conseguiria chegar até ele. Impossível manter minha bocarra fechada. E eu cheguei. Eu cheguei.

Enfim, minha audiência com um acadêmico humano. Ele tinha os dedos manchados de nicotina. Tinha as têmporas marcadas pelos óculos. Os óculos afundando nas olheiras. Olhava para mim. Não passava tanta autoridade quanto deveria. Parecia um pouco com o Charles Manson... no bom sentido. Por mais que eu quisesse manter um tom de voz respeitoso, minha bocarra se projetava para cima dele; e, para que minha voz não soasse alta demais, cada palavra tinha de ser sussurrada.

"O trabalho não está sendo bem-feito. Os animais estão se dispersando, assim como os humanos."

Ele sorriu, um pouco constrangido. Devia achar que eu era um puritano. "Entenda, não estamos trabalhando com máquinas aqui. Se quiséssemos eficiência perfeita, contrataríamos robôs. O importante é termos animais estudando animais, porque vocês se entendem melhor. Sabemos das várias limitações de vocês, e todas elas já são levadas em conta nos nossos cálculos."

Ele não se importava realmente, mas eu deveria. Eu realmente acreditava que resultados melhores podiam ser obtidos nas pesquisas apenas se selecionassem animais mais preparados para o trabalho. Não era uma questão de contabilidade, era uma questão de caráter. Ele franziu a testa — não entendia muito bem o que eu queria dizer. Mas acho que não me entender já era o suficiente. Que o fato de eu ser incompreensível já me tornava apto a exercer a função. "Muito bem, que tal você se tornar professor-coordenador da área de humanidades?"

"Como assim?", eu franziria minha testa se tivesse uma.

"Digo, humanidades animais... o caráter humano em vocês... A racionalidade, sim, a racionalidade talvez."

Ele criava áreas e cargos como um adolescente arruma lugar para guardar livros didáticos.

"Mas se é exatamente isso que eu estou questionando, a racionalidade que existe em nós..."

"Bem, que seja irracionalidade então. Racionalidade animal, irracionalidade humana — são só dois lados da mesma questão. Você poderia coordenar estudos nessas áreas. Dar aulas. Seria legal. Não seria legal?"

"Mas, professor Péri, eu não estou preparado para isso."

"Oh, quem está? Quem está? Aqueles que acham que estão apenas leram mais autores que estavam ainda menos preparados. O conhecimento acadêmico afinal é como um telefone sem fio. Um segue o outro, e no final nem se sabe mais sobre o que está se falando. Muitas vezes nem a mensagem original faz sentido. Basta criar termos para manter suas grandes bocas ocupadas. E seus cérebros se exercitando."

Tudo bem, não foi exatamente isso o que ele disse, mas foi isso o que eu interpretei, no meu telefone sem fio. Cérebros se exercitando. Era para isso mesmo que servia a Universidade. Não era das menores utilidades. Se não gastássemos nosso tempo nos questionando sobre perguntas sem explicação, voltaríamos a rastejar nos charcos de onde eu vim. Cérebros se exercitando, como mandíbulas. Essa era a minha ocupação.

"Muito bem. Aceito o cargo."

Ingenuidade minha — e de vocês — acreditar que isso me daria algum tipo de poder ou privilégio; pelo contrário. É claro que eu podia rastejar por cima da cabeça dos outros professores. Até a Dra. Charonne, aquela cascavel, passou a me tratar com mais respeito. Mas isso não queria dizer muita coisa. Eu só era elevado ao nível dos professores, que no final não ficava muito acima do nível dos alunos. Quer dizer, os professores olhavam seus alunos olhando para baixo. E os alunos respondiam olhando para baixo também. O posto e o título acadêmicos só serviam para os professores enganarem a si mesmos, se acharem superiores, quando os alunos ainda os consideravam meros funcionários a serviço do governo. Não trabalhávamos para eles? Não trabalhávamos para o governo, para os alunos? Não éramos mesmo apenas funcionários tentando adestrar adolescentes?

O dono que leva seu cachorro ao parque pode se achar autoritário o suficiente para ensiná-lo a sentar, deitar, pegar a bola. Mas, no final das contas, é ele quem está fazendo papel de idiota — gritando, implorando, ajoelhando para que o cachorro aprenda, enquanto o animal se diverte. Mesmo a coleira com a qual ele obriga seu dono a levá-lo para passear... Ah, eu poderia traçar tantos outros paralelos, a relação entre os machos e as fêmeas — detentoras do direito de dizer sim e não. Os esportistas e a plateia. A caça e o caçador. Mas acho que já passei o recado, e não estou aqui para ensinar.

Estava lá, sim, para isso. Primeiro passei um período como estagiário da Dra. Charonne. Acompanhava e assessorava suas aulas para uma turma de lulas. Eu tentava avisá-la cada vez que uma delas levantava um tentáculo para fazer uma pergunta. Aquilo me cansava deveras, vocês podem imaginar — como correr na esteira —, pois sabem quantos tentáculos tem uma lula e, numa sala repleta delas, sempre havia algumas dezenas a interagir. Mas a Dra. Charonne preferia ignorá-las, seguir em frente, não se dispersar com as dúvidas de alunos nem com minha assistência. Ignorava-me como os ignorava. A plateia molusculante era apenas um veículo para ela organizar suas próprias teorias, como anéis empanados através dos quais ela conversaria num bar, enquanto virasse uma cerveja. De vez em nunca, quando tinha de parar um pouco para respirar, uma lula fazia sua pergunta, mas isso era nada além de um trampolim para a cascavel continuar exatamente de onde havia parado.

Vaidade... vaidade. Veneno... veneno.

Logo fui considerado apto e ganhei minha própria turma, uma classe infestada de gafanhotos. A mim parecia uma nuvem, mas o departamento dizia que eram meus alunos. Talvez eu tenha conseguido passar algo para uma centena ou duas, depois de esmagar milhares sob meu rabo. Não há nada pior do que ensinar insetos. E às vezes eu acho que só eles podem ser ensinados. Talvez seja a forma como os enxergamos, nós, os professores, com as goelas travadas pela vaidade. Do alto de nosso conhecimento, olhando para eles lá embaixo — piscando, zumbindo, esfregando as mãos como moscas sobre a carne.

Essa aula dos gafanhotos era um sufoco. Mas não tanto quanto uma turma que peguei logo em seguida, de peixes na tenra idade, fresquíssimos, recebendo minhas palavras como ração na superfície da água. Eu jogaria o conhecimento e os veria emergir. Dr. Goncourt recomendou que eu mergulhasse n'água e os ensinasse lá dentro, que assim seria mais fácil para eles absorverem meus ensinamentos. Mas eu que não ousaria ficar no mesmo aquário que eles. Não queria me arriscar. Por mais que eu ensinasse "racionalidades", ainda era um animal. Não me aguentaria com esses peixes nadando à minha frente. Melhor que houvesse paredes de vidro a nos separar.

Era difícil que eles entendessem o que eu falava. Acho que isso contribuía para a dispersão da classe. Muitos ficavam nadando alheios, de costas para mim. Outros tentavam ler minha boca, já que eu não tinha lábios. Eu tentava ler os deles quando me perguntavam alguma coisa. E, no final, a aula cumpria seu papel. Eu lá fingindo ensinar, eles lá fingindo aprender.

Quando a turma se dispersava demais, eu tinha de chamar a atenção. Ameaçava entrar dentro d'água, e os atuns todos se viravam para mim. Peixes têm péssima memória, então eu tinha sempre de repetir as mesmas coisas. Isso me cansava um pouco, mas também me dava mais segurança do que eu estava falando. Vocês sabem, uma mentira mil vezes dita...

Vingança? Pode ser. Por eu nunca ter acreditado realmente no conhecimento, queria antes de tudo fugir do aprendizado. Que maneira melhor de deixar de aprender do que se tornando professor? Que maneira melhor de ser detentor da verdade do que ensinando-a? Claro que muitos professores vêm com essas ideias hipócritas de que nunca deixam de aprender, de que continuam estudando, aprendendo com seus alunos. Mas eles não estão preocupados realmente com isso — não se preocupam em ouvir, não querem ser desviados da rota, de seus cronogramas, não querem novas direções apontadas por seus alunos. Querem apenas provar que têm razão. Mesmo que não acreditem totalmente nisso — não veem a Dra. Charonne? É um exercício de autoafirmação. Pode acreditar, eu fui professor numa universidade, sei o que estou falando. Não sou como esses jovens escritores que apenas estudam publicidade e acham que podem opinar sobre tudo, dissertar sobre tudo, colocados no topo da cadeia intelectual quando possuem apenas um pouco de imaginação.

Oh, mas que experiência frustrante pode ser. Num aquário cheio de peixes, fazendo minhas frases salivarem. Numa classe repleta de grilos falantes, zumbindo para você. Nos esforçamos para manter a linha, prosseguir com o discurso, mas cada sentença sua é pontuada com um agudo mais estridente. Eu jamais conseguiria impedi-los, faz parte de suas naturezas. E todo aquele processo de aprendizado tinha exatamente esse objetivo: desviar animais de suas naturezas. Se eu tivesse papagaios para ensinar, tudo seria tão mais fácil...

"Você não parece feliz com seu novo cargo. Achei que era isso o que você queria: ter uma chance de provar suas teorias." Dra. Blanche continuava me atendendo três vezes por semana.

"Não, doutora, eu queria mais contradizer os outros professores... mas acho que é impossível fazer isso sem acreditar em nossas próprias verdades, não é? E eu cada vez mais acho que a verdade não existe."

Naquele momento, ela disse que tudo isso acontecia por eu ser um verdadeiro artista, estar mergulhado demais na minha criação literária, e então acreditar que o universo inteiro é condicionado pelo pensamento. "É uma ideia comum, adolescente até. Mas que os adolescentes deixam de lado assim que têm de pensar em dinheiro, em questões práticas de sobrevivência. Cabe aos artistas — e aos filósofos — levarem-na adiante."

Eu me senti um pouco melhor naquele dia. Depois fiquei sabendo que, no fundo, ela me considerava mesmo louco — nem filósofo, nem artista. Tudo hipocrisia. Ela simplesmente era paga para me confortar. Ou paga para me deixar bonzinho. Talvez fosse até paga para servir de isca, veja só, ou cobaia. Se eu conseguisse permanecer abrindo minha boca para argumentar com uma garça, significaria que minha índole estava controlada, que eu não atacaria ninguém. Podia estar sendo usada apenas como garantia de segurança para todos os outros — será?

Me senti ligeiramente orgulhoso dessa ideia, de que eles talvez acreditassem que eu ainda pudesse ser um animal feroz. Pois eu também acreditava, mas não muito. Só que acho que aquela não era a melhor maneira. A Dra. Blanche não seria a melhor isca para o meu apetite. Aquela classe de jovens atuns sim, aquela era a tentação...

"Você está de fato conseguindo impressionar todo mundo, não é? Uns acham que você é louco, outros que você é gênio. É só manter sua bocarra aberta e deixar as ideias mais absurdas continuarem caindo dela. Eu não caio nessa."

Essa era a Dra. Charonne, venenosa como sempre. Cascavéis nunca podem ser convencidas. Por mais que finjam concordar conosco, o chocalho chacoalha de leve para mostrar que discordam. O chocante chocalho de Charonne chacoalha. O chocante chocalho de Charonne chacoalha. Hum... mais um trava-língua...

Vocês foram colocados na casa do vizinho, aos sete anos de idade, para brincar com ele, apenas porque estão na mesma faixa etária — não importa se ele é capitão do time e você entrou na feira de ciências. Pois então, era mais ou menos assim que eu me sentia convivendo com colegas professores como a Dra. Charonne, que, apesar de réptil, apesar de fria, se identificava tanto comigo quanto uma joaninha com um confete. Essa fêmea ofídica jogava em outro time, contra minha ideologia, meu apetite, minha mordida. Descobri até que ela tinha um relacionamento um tanto ou quanto doentio com a Dra. Blanche. Eram amantes, ou algo assim, o que poderiam ser — predador e presa —, com a cascavel envenenando a garça contra mim.

"Qual é o problema, você se sente ameaçada por mim? Tem inveja porque não sou mais seu assistente e estou rapidamente conquistando várias turmas?" — perguntei.

Ela riu e chacoalhou seu longo rabo. "Olhe bem para mim, veja só meus chocalhos. Veja há quantos anos eu trabalho com isso. Você não representa ameaça para mim."

Aquilo não queria dizer nada. Chocalhos não expressavam conhecimento, pelo contrário; nem idade. A quantidade de chocalhos só demonstrava por quantas mudanças de pele ela já havia passado. Em outras palavras: como era insegura quanto à sua vestimenta.

"As serpentes têm grande problema de autoestima. É uma culpa cristã, por terem destruído o paraíso, sabe? Toda aquela questão bíblica, o que o Velho Testamento reservou para elas", me disse certa vez a professora Bastille, a vaca que ensinava teologia.

Comecei a achar que o que eu precisava era sair um pouco daquela Universidade. Essa história de morar no trabalho, viver nesses círculos, não fazia bem. Gerava fofocas, picuinhas, coisas de quem está cansado um do outro. Como nos reality shows da TV...

"Você pode sair, claro. Pode fazer o que quiser," disse o Dr. Goncourt. "Agora você é professor, dono de suas próprias fossas." "Minhas próprias fuças?"

"Suas próprias fossas... nasais."

Dr. Goncourt me disse isso com um certo rancor. Devia estar chateado por eu ter subido na hierarquia à custa de denúncias contra eles. Ou talvez fosse inveja, por não ter a mesma liberdade que eu. Talvez não pudesse sair. Ou talvez pudesse, apenas não tivesse a capacidade de atravessar as ruas, por conta de sua lentidão de jabuti. Talvez carregasse jaula, prisão, carcaça, carapaça sempre consigo. Não importava. Eu precisava explorar melhor a vida e deixar de pensar tanto naquele microcosmo em que eu vivia.

Meu receio é que eu ainda não sabia como o mundo lá fora me receberia. Seria eu tratado como professor respeitável ou atração de zoológico? Às vezes eu até duvidava de que o mundo lá fora continuasse existindo.

Só havia uma forma de saber: abrir a porta.

Desci pelos elevadores, passei pelos seguranças — eles assentiram para mim, em respeito, embora nunca tivessem me visto. "Devo parecer mesmo um jacaré distinto", pensei. E fui caminhando para a luz, como Carol Anne, sem medo de ser feliz. O sol foi se aproximando, me envolvendo, me seduzindo, como só esses astros sabem fazer com nós "pecilos". Eu estava na rua. O sol brilhava quente. As pessoas passavam aos montes. Era hora do almoço. E eu também iria almoçar.

Andei pela rua um pouco receoso. Com medo da reação dos transeuntes, dos funcionários do zoológico, medo de alguém pisar no meu longo rabo, que eu arrastava pela calçada movimentada. Era a primeira vez que eu andava por aquela cidade ao ar livre, à luz do dia, como mais um cidadão. As imagens e os movimentos deixavam minha cabeça um pouco confusa. Havia muito o que ver, sons para dispersar, propagandas chamando minha atenção. E, no meio de tudo isso, eu ainda tinha de me desviar dos pedestres que andavam ao meu lado. Que esporte exótico!

Já havia visto tudo aquilo pela TV, nos livros, nos relatos de colegas e amigos, mas olhar com os próprios olhos e sentir com as próprias fuças era diferente. O vento vinha carregado de tantos odores distintos, e tinha de desviar dos pedestres para chegar até mim. O céu era tão amplo, sem cobertas nem limitações, onde quer que eu olhasse para cima, ele estava lá. "Puxa, mas é azul demais, não combina com o cinza de todo o resto..."

"Nem tanto, meu caro, nem tão azul assim, você precisa conhecer o céu de Maceió!" — me disse um senhor que passou ao meu lado.

Por incrível que pareça, não houve pânico nem estranhamento. Claro que algumas pessoas — muitas na verdade — me olhavam um pouco desconfiadas, mas não tomavam atitude alguma, nem mesmo apontavam para mim. Deviam achar que estavam ficando loucas, vendo um jacaré andando pelas ruas.

Deviam achar aquilo o cúmulo da normalidade, um jacaré nas ruas deste país. Podiam ou não acreditar em seus olhos, ou nos meus. Eu ignorava suas desconfianças e tentava seguir em frente, captar o máximo que pudesse daquela realidade. E tudo aquilo começou a me dar uma fome tal que eu tive certeza de que o melhor lugar para ir seria um restaurante.

Na hora do almoço as pessoas são como baratas quando se abre uma fossa: correm desordenadas tentando chegar a uma conclusão. Comer, comer, para depois se esconderem novamente em seus escritórios. Eu poderia abrir minha longa bocarra e deixar que elas simplesmente caíssem goela abaixo. Mas não seria essa a postura de um professor. Ao menos, não em público. O que eu deveria fazer era respeitar aquele horário de almoço, me sentar bonitinho num restaurante e pedir um prato que me satisfizesse (ah, como se algum prato pudesse me saciar...). Mesmo a necessidade de comer, que era algo tão primitivo e banal, fora transformada em ritual pela sociedade humana. Mesmo a necessidade de comer havia sido transformada em hábito. Mesmo a comida, transformada em plástico; o gosto, transformado em metal. Pagava-se pelo ritual. As ofertas das lojas, os cartazes de desconto me fizeram lembrar de que eu não tinha dinheiro. Lá fora tudo era contabilizado, e não era dessa forma que meu vil trabalho era pago. Minhas aulas me garantiam um apartamento confortável, uma banheira espaçosa, peixes frescos na geladeira, tudo fornecido pela Universidade. Notas e moedas nunca chegaram às minhas mãos, e eu também nunca pensei que teria necessidade de usá-las. Mas do que adiantava andar pelas ruas se eu não podia aproveitar nenhuma das suas ofertas?

"Professor? Até que enfim o senhor resolveu tomar um pouco de ar. Só vejo o senhor dentro da sala de aula."

Olhei para baixo e vi um pequeno besouro falando comigo. Meu aluno? Deveria ser. Eu não conseguia diferenciar esses insetos uns dos outros. Todos com vozes estridentes, todos com perninhas hiperativas. Quando estão sozinhos podem até parecer simpáticos, porque são pequenos e frágeis demais, nos inspiram pena. Mas quando aparecem em bandos são considerados umas pragas. Pestes. O que importava é que, sozinho e pequenino naquela rua, ele parecia simpático. "O senhor já almoçou? Vamos. Hoje é por minha conta."

Claro que aceitei. "Como é mesmo seu nome?" Ele me respondeu: Laumière. Eu disse para ele seguir na frente, indicar o restaurante que achasse mais agradável (já que ia pagar...) e rezei para não acabarmos num Habib's. O problema é que um inseto como ele andava tão devagar que eu indo atrás tinha de dar um passo por minuto. Achei melhor oferecer carona. "Você sobe nas minhas costas e me diz o caminho, ok?" Assim fomos. Não me importei com o que as pessoas poderiam pensar por eu estar carregando um aluno. Só me preocupava um pouco pensando "Onde será que ele guarda o dinheiro?" Passamos em frente a um buffet infantil, O Mundo Encantado — será que serviam por quilo? Eu torcia para que fosse lá nosso almoço. Mas Laumière me indicou para continuar em frente e, devido à minha posição acadêmica, achei melhor não contestar.

Fomos a um restaurante de frutos do mar. Logo na entrada vi um aquário repleto de lagostins. Poderia ser a família de Voltaire. Se ele estivesse lá, eu não pensaria duas vezes em escolhê-lo para meu prato. Olhei atentamente, tentando distingui-lo entre os demais. Não fui capaz. Todos eram parecidos, com suas carapaças e carapuças. Eu poderia escolher qualquer um deles e torcer para ao menos estar degustando um parente próximo — irmão, cunhado —, mas achei que não valia a pena gastar meu apetite numa vingança tão incerta. Não dizem que esse é um prato que deve ser servido frio? Resolvi sentar e pedir um prato quente qualquer.

O garçom nos acompanhou até nossa mesa. Fomos muito bem-servidos. Será que percebiam minha condição? Eu não me sentia confortável e não conseguia agir como se tudo aquilo fosse normal. Resolvi dividir meu estranhamento com Laumière.

"Ah, professor, não se preocupe. As pessoas não se importam com essas coisas. Não importa de onde o senhor veio, o que fez no passado. Agora o senhor é um acadêmico, de respeito, todos podem ver isso. Não é como esses jacarés de esgoto."

Será que eu mudara tanto mesmo? Será que transparecia tanto assim? E quanto a ele? Claro que eu não cometeria a indelicadeza de mencionar, mas as pessoas não estranhavam um besouro na mesa de um restaurante? Bem, talvez elas já estivessem acostumadas com insetos por lá. Eu podia notar abelhas voando ao redor das sobremesas. Moscas conversando sobre restos de carne. Uma barata sorrateira passou pelo meu pé, pediu desculpas e foi para a mesa de trás.

Almoçamos divinamente. Pedi salmão grelhado e Laumière comeu risoto ao funghi. Acho que ficou um pouco assustado com os preços, mas quem mandou se oferecer para pagar? Se esses detritívoros não estão acostumados a gastar tanto com comida, devem ao menos economizar o suficiente para poder nos proporcionar momentos como aquele. Tenho certeza de que ele se satisfaria apenas em limpar meu prato, mas não seria de bom-tom no ambiente em que estávamos. E bons-tons e dissimulação eram tudo o que fazia de nós animais elevados. Mais do que alimentação, o almoço num restaurante era um ritual que nos dava prazer de encenar.

Só que, quando estávamos quase terminando, tivemos um sobressalto. Uma voz estridente gritou atrás de nós: "Fiscalização sanitária!"

Laumière se escondeu imediatamente embaixo do prato. Os insetos todos entraram nas fendas mais próximas. Eu fiquei congelado, sem saber o que fazer. Como eles encarariam um jacaré num restaurante? Cliente, freguês ou animal indesejado? Será que meu longo rabo transgredia alguma norma de higiene?

"Ora, ora, vejam só quem a gente encontra por essas bandas..." Me virei e percebi Kléber atrás de mim. "Você?"

"Sim, sim, estou a serviço. De vez em quando a Universidade me manda para lugares como esse para ver se encontro animais perdidos, entende? Você sabe, fiscalização sanitária, pesquisa de campo. Não poderiam mandar Voltaire, por exemplo, para fazer esse serviço, não é? O pobre crustáceo tem suas limitações com restaurantes, assim como eu as tenho com lojas de sapato. Mas o que seu aluno está fazendo aí embaixo? Pode sair, besourinho."

O besouro colocou as anteninhas para fora do prato e percebeu que se tratava do gavial. Voltou para o seu lugar na mesa.

"Não sabia que o professor costumava almoçar por aqui com seus aluninhos."

O que ele estava insinuando? "Aluninhos" era um diminutivo para alunos pequeninos ou uma forma de diminuir meus alunos? Ou um diminutivo irônico? Antes que eu pudesse responder, Laumière se encarregou: "Pois é, nem eu. Acho que estou sendo o primeiro a ter esse privilégio."

Kléber sorriu — se é que se pode notar um sorriso naquele rosto, blá-blá-blá. "Pois então aproveitem. Vou dar uma olhada pela cozinha, ver se encontro ratos, orangotangos, você sabe, animais que não deveriam estar aqui. Fiquem à vontade, ok?"

Já era hora de ir embora. As ruas foram uma grande decepção para mim. Tudo passando tão rápido. As pessoas tão interessadas em ir para outros lugares. Esse caráter transitório impedia a troca de olhares, a troca de palavras, a troca de experiências mais profundas, conversas com quem andava por lá. Rostos interessantes e palavras estimulantes passavam por mim tão rapidamente que no segundo seguinte eu já me esquecia do que se passara. É um segundo de deleite. Uma estrofe de um poema. Um sorriso meio pronunciado. Uma piscadela e nunca mais. Ninguém lá estaria disposto a conversar comigo. Ninguém lá estaria disposto a me escutar. Todas as baratas procurando sua toca, saindo de um buraco para entrar em outro, como se as ruas não fossem mesmo reais. Todos querendo entrar, se trancar, se esconder. Em pares, em grupos, deixando que a chuva caísse lá fora, que o tempo passasse, que o vento varresse. Solteiros procurando esposas, desempregados procurando emprego, construtores procurando tijolos, maçanetas, fechaduras...

Então voltei para a minha solidão acadêmica, onde eu ainda podia exercitar meu maxilar. A cela feita à minha medida, a focinheira que me permitia respirar, o preservativo sem o qual eu nunca, nunca deveria tocar o interior de outro ser... Lassidão.

Voltei ao meu quarto, me joguei em minha cama e nem zombei dos lençóis que a camareira insistia em colocar todas as manhãs, mesmo que eu os atirasse da cama todas as noites. Se eles não tinham serventia alguma para me esquentar, ao menos serviriam para me esconder. Se não havia nenhum lugar do mundo em que eu me sentisse confortável, ao menos eu poderia esquecer...

Enfim, me apanharam. Enquanto eu dormia, sonhava com as estrelas conversando comigo, a direção da Universidade negociou minha carcaça com o zoológico. Parece que não conseguiram grande coisa em troca. Jacarés de espécies vulgares como a minha se encontram em cada esquina. Se ao menos eu tivesse o papo rosa, roxo, fúcsia... Pusilânimes, não percebiam que o que realmente importa na torta é o recheio. De frango, camarão ou lagostim, faz toda a diferença... na conta do restaurante. Eu poderia me chamar Daniel Silva, e ainda assim não ser mais um! Poderia ser mais um da galera, e ainda ser um grande escritor!

Mas o que o pessoal do zoológico — ou da Universidade — entende de recheio, não é mesmo? Eles estão preocupados apenas em decorar seus jardins. Aliás! Aliás, foi isso que eu logo percebi, logo no meu primeiro dia de interno no jardim zoológico. Pensa que alguém estava interessado em jacarés, tartarugas, capivaras? Não. Todos esses seres eram bem estúpidos. Estavam lá só cumprindo horários, sem questionar muito a vida. Sem questionar a comida. Os seres que faziam a bilheteria rolar eram outros. Sim, a verdadeira atração, que eu nunca percebera. Perceberam vocês?

As plantas! Os vegetais. Toda a vegetação ao nosso redor. Era essa a verdadeira atração do zoológico. As pessoas pagavam por isso. Imagine só, colocar jacarés num tanque com areia não daria o menor resultado. As pessoas pagavam para ver a vasta vegetação que nos envolvia e que cantava como num teatro de revista. Talvez as pessoas nem entendessem sua língua. Talvez nem percebessem sua coreografia. Mas estavam lá apenas para ver as folhas se exibindo. Foi uma grande surpresa para mim. Todas aquelas bromélias dançando cancã. Orfeu no Inferno. Mal me olhavam nos olhos, porque não tinham olhos para isso. Mas se exibiam para os espectadores de uma forma constrangedora (Ai...). Eu sendo empurrado de um lado para o outro apenas para servir de cenário a todos aqueles vegetais. Até latinhas de refrigerante atiravam em nós.

Tudo terminou quando Lorena — vocês a conhecem — se atirou sobre mim...

Acordei. E aquilo se revelou um sonho, para mim e para vocês. Eu continuava na Universidade, respeitável, como um professor. Claro, as plantas não se exibiriam de forma tão previsível. Não dançariam como seres vulgares, porque delas era um plano de paciência. Elas tramavam em silêncio. Pensa o quê? Pensem sobre isso. Pensam que as plantas não pensam? Então para que se alimentam, crescem, balançam, sempre em silêncio? Quer dizer, há algo estranho em tudo isso. Um ser sem sistema nervoso não tem razão para continuar vivo. E vai se alastrando, se propagando, queimando oxigênio e liberando gás carbônico — e o contrário — com qual grande propósito? Se as plantas não sentem prazer algum, nem prazer nem vontades, por que continuariam a insistir? Oh, por que eu mesmo insisto?, pergunto. Para mim está bem claro.

Elas estão apenas esperando. Elas procriam por milhares e milhares de anos até o momento em que estejam prontas para assumir o controle. Até quando a evolução as tornar capazes de destruir todos os outros seres. Pode parecer imbecil pensar nisso agora, mas elas esperam. Não pensam, apenas perpetuam. E se alimentam, evoluem. Geram oxigênio e o sustento de animais, para que eles continuem morrendo, degradando, adubando, para que elas possam continuar crescendo...

"Sairia ganhando quem preenchesse as frestas em silêncio.'

Ah, teorias conspiratórias. Aprendi tanto sobre isso na Universidade. Eu não devia me preocupar com isso, que se danem os vegetais. Se eles tinham paciência para aguardar, melhor para eles. Eu mesmo jamais seria testemunha — e vítima — de seus planos diabólicos. Não viveria tanto.

Na verdade, meu cérebro estava confuso com todo aquele passeio pelas ruas. Dormi quase 24 horas no meu alojamento. Acordei com uma macaca-inspetora me avisando que eu estava atrasado para a aula do aquário. Comi apenas um chocolate branco e fui dar aula. Aquilo foi um erro. Eu, semidesperto, desconcentrado, faminto, dando aula para uma turma de atuns adolescentes. Suas bocas mexendo em silêncio. Suas linhas laterais piscando para mim. Eu tentando fazer com que minhas ideias superficiais mergulhassem no aquário, recebendo respingos de volta no rosto. Os alunos estavam mais dispersos do que o usual. Nadavam desordenados. Pulavam para fora do aquário. Seguindo os conselhos da Dra. Blanche, eu tinha de pegá-los pelo rabo e mergulhá-los de volta, como se eles ainda estivessem na pré-escola, como se aquilo não fosse uma Universidade.

Minha paciência queimava como um carro desregulado que bebe gasolina demais. E, num bocejo inconsequente, acabei engolindo mais do que devia. Era o tédio, o sono persistente, a incapacidade de me concentrar. Bocejei na hora errada, no meio de uma aula, eu sei, esse foi meu grande erro. Sempre me diziam que os professores precisam demonstrar energia, concentração, não podem entregar suas fraquezas e cansaços, ou os alunos não os respeitam. Então me culpo até hoje por um bocejo involuntário. Um atum vinha saltando para fora do aquário e caiu direto na minha boca. Não me fez feliz. Eu quase engasguei. Instintivamente, fechei a boca e ele desceu pela minha goela. Felizmente, a classe nem reparou. Dispersos como estavam, continuavam se misturando no aquário, esperando que eu chamasse a atenção. Eu chamei. Com aquela carne ocre pulsando em meu estômago, voltei à minha postura de professor e consegui prosseguir com a aula.

Só no final percebi uma estrela-do-mar no fundo do aquário, quietinha, assistindo a tudo atentamente. Equinodermos como ela não são como os peixes, nunca se esquecem. Eu tinha certeza de que ela reparara no atum entrando na minha boca e seria uma eterna testemunha de meus deslizes...

Ah, que infelicidade! Vocês poderiam pensar que meu trabalho na Universidade se tornara mais fácil depois que eu descobri que a vida lá fora não existia realmente. Depois que eu descobri que a vida pelas ruas era apenas um intervalo, minha vida dentro da Universidade se tornou ainda mais maçante. Porque eu sabia que não havia para onde escapar. Eu poderia fugir de lá, mas teria de encontrar outro prédio para me esconder. Encontrar outra inutilidade para me ocupar. Fazer o tempo passar. As pessoas que circulavam pela vida apenas circulavam em intervalos para voltar a não viver. Quer dizer, trabalho, estudos, é só isso que há para um ser como eu, um ser na minha idade, um ser da minha maturidade, da minha compleição. Tornava-se mais fácil entender a fuga psicodélica de Vergueiro e de Artur Alvim. Alucinar e esquecer, esquecer. Mas a realidade sempre voltaria como ressaca, fome, solidão. A necessidade de comer e ter onde dormir: era por isso que eu trabalhava. Meu trabalho era apenas o intervalo entre as refeições. Eu mantinha minha boca ocupada com teses, teorias, todas elas tão pouco verdadeiras, tão menores do que o espaço vazio no meu estômago. Oh, mas tinha de continuar tentando até o espaço aumentar. Até um atum entrar.

Meu superior humano, professor Gabriel Péri, não se preocupava com isso. Também devia estar mais interessado em escolher os lagostins para seu próprio jantar. Ele não se preocupava com o papel de professor que eu desempenhava, contanto que eu não descarrilasse. Eu não poderia conversar com ele sobre minhas dúvidas, meus anseios, minhas crises. Só mesmo para pedir um aumento. O suprimento de peixe no meu frigobar ainda era maior do que eu poderia consumir, mas o apetite não é saciado apenas pela quantidade — ou qualidade; minha carência de nutrientes pedia variedade. E minha carência existencial pedia mais vida, vida se debatendo dentro do meu estômago.

Em outras palavras: como todo predador, eu precisava caçar. "Oh, vocês são todos iguais." Dra. Blanche balançava a cabeça para mim. O que queria dizer com isso? Ela se referia a "vocês" como nós, jacarés, como nós, machos, ou como nós, predadores? "Digamos que um pouco de cada. Tudo isso somado gera esse seu apetite insaciável. É muito admirável que você consiga sublimá-lo com crises e teorias, mas você sabe que sua natureza é outra."

Claro que não contei a ela o que havia acontecido na sala dos atuns. Ela jamais entenderia, mesmo fazendo meu acompanhamento psicológico. Afinal, ela ainda era uma garça, e do sexo feminino; nós nunca conseguiríamos vencer aquele ranço caça-caçador que nos atritava.

O pior é que eu sei que aconteceria novamente. Não foi de propósito. Foi um acidente, sinceramente. Mas depois de sentir aquele atum se debatendo dentro de mim, sei que eu acabaria fazendo novamente. Mais cedo ou mais tarde, eu mergulharia naquele aquário e comeria um por um. Talvez até acabasse engolindo o professor Garibaldi.

Eu tentava afastar essas ideias da cabeça me empaturrando de filés no meu quarto. Postas congeladas, que não ofenderiam ninguém. Mantinham minha cabeça sossegada por um tempo, enquanto as espinhas espetavam minha garganta. Eu ia dar aulas para os insetos com a barriga inchada e me considerava forte, sob controle. Mas era só passar na frente de um aquário para a tentação me atormentar novamente...

Os alunos percebiam isso. Ou eu já estava paranoico o suficiente para achar que sim. Os peixes evitavam olhar diretamente em meus olhos; sempre prontos a nadar para longe, cochichavam coisas entre eles que eu não conseguia entender de fora d'água. Eu estava perdendo meu respeito de animal civilizado.

Enquanto isso, outros alunos agiam de maneira exatamente contrária. Me assediavam. O besouro Laumière, por exemplo, sempre ficava depois da aula. Me convidava para outros almoços. Agia como se quisesse pular diretamente para dentro da minha boca. "Me desculpe, quem come insetos são os sapos", eu poderia dizer. Mas preferia dar uma desculpa qualquer para não ir, e agradecia.

Além de manter distância dos alunos, eu não me sentia muito confortável na companhia de outros professores. Dra. Charonne e todos aqueles anéis, Dra. Blanche sempre me analisando, Dr. Goncourt e seu ar bonachão. A única companhia com quem eu podia conversar um pouco era Jasmin, mas ela já havia sucumbido há muito às tentações da espécie.

"Fale a verdade, você já papou um de seus alunos, não papou?"

"Por que diz isso?! De onde tira essas ideias, Jasmin?"

"Ora, ora, sempre acaba acontecendo. Você é um crocodiliano, predador, masculino. Vai dizer que nunca passou pela sua boca um daqueles atunzinhos para os quais você dá aula?"

Ela falava perfeitamente minha língua, embora bifurcada. Mas eu continuava encenando uma reptestabilidade que não era minha — deveria ser a do meu cargo. Neguei. Neguei. Estava muito satisfeito com as postas do meu frigobar. Jasmin não, serpente. Enrolava-se, sufocava, queria sempre mais, mesmo que não fosse capaz de engolir. Acreditava que todos partilhavam de seu apetite; e, ainda que partilhassem, acreditava que confessariam. Eu não. Neguei, neguei. Queria andar sobre duas patas.

Embora eu não comentasse sobre os fatos acorridos, a Dra. Blanche percebia meus anseios secretos, talvez meus desejos, meus apetites, e os interpretava da maneira romântica que as garças interpretam.

"Você precisa arrumar uma namorada. Uma jacaroa." Precisava nada. Minha fome era algo muito mais existencial, muito mais existencial do que reprodutiva. Era uma questão de sobrevivência, não de perpetuação. Eu me sentia preso, oprimido, cerceado, impedido. Eu não podia mais ensinar Racionalidades se considerava meu lado racional uma mentira.

Comecei a beber. Não que eu gostasse do gosto. Não que eu vivesse no vício. Mas eu precisava daquele efeito para fazer com que as palavras continuassem fluindo na minha boca, fluindo nas minhas aulas. A visão turva também me deixava mais relaxado em frente ao aquário de atuns. Eu os via em número muito maior, e nem poderia contar. Nem poderia contar quantos já haviam se perdido, quantos haviam fugido, quantos haviam entrado pela minha garganta. Eu não conseguia nem contar quantas pontas tinha uma estrela-do-mar.

O álcool estava sempre à mão, nos frascos do laboratório. Lá eu me encontrava nos intervalos, e não me encontrava sozinho. Jasmin e a Dra. Charonne se encontravam lá comigo. Serpentes chacoalhando, virando copos e cheirando gases. Veneno, veneno, o veneno das serpentes também hipnotizava a mim.

"Me diga uma coisa", perguntava Jasmin, "qual é o gosto daqueles atuns, hein?" Virei o rosto e desconversei. Não sabia sobre o que ela estava falando. "Não se faça de bobo, jacaré. Todo mundo sabe que você anda engolindo seus alunos."

Todo mundo sabia? Como a notícia havia se espalhado? Ah, achei que um peixe a menos não faria diferença. "Pare com isso, Jasmin, sou um professor de respeito."

Professor... de... respeito... paradoxo.

No fundo, eu queria mesmo acreditar nisso. Eu precisava acreditar nisso. Não porque fosse meu grande desejo, mas porque era a única função que eu tinha no mundo. Se eu não fosse nem aquilo que acreditavam que eu era, o que seria? Longe demais da minha natureza, tentando me disfarçar de civilidade. Ah, eu não podia voltar atrás. Não podia voltar atrás. Mas também não conseguia seguir em frente. Meu trabalho na Universidade se dividia em dois. Dar aulas e escrever uma tese. A tese que eu escrevia, na verdade, era este livro. Eu aproveitava o tempo que deveria dedicar à pesquisa para revirar meus neurônios e escrever minhas memórias. Tinha pretensões, grandes pretensões. Não queria apenas apresentá-las aos colegas, professores, e continuar ensinando com o título de doutor. Eu queria era ser escritor. Contar ao mundo todo minhas ideias e minha história. Dra. Blanche, que acompanhava de perto minha produção, continuava me criticando, dizendo que eu não me decidia entre literatura e filosofia. Que como tese filosófica era muito senso comum, e como literatura era muito dogmática. Mas acho que ela só dizia tudo aquilo por inveja, vocês não acham?

Eu precisava ter uma segunda opinião. Uma leitura crítica. Parecer. Saber o que pensaria do meu texto alguém de fora, de fora da Universidade, do mundo acadêmico. Eu precisava da opinião de um outro escritor.

Como Thomas Schimidt, meu favorito, havia falecido recentemente, comecei a ler os cadernos literários do jornal para decidir qual escritor poderia me ajudar. Tinha de ser alguém com um certo destaque, mas ainda assim acessível. Alguém que tivesse algo a me ensinar, mas também disposto a aprender, como ninguém naquela Universidade. Certo dia leio num jornal o seguinte comentário:

"Ao jovem que deseja escrever eu indicaria não olhar para os lados, nem mesmo para trás, a não ser para vislumbrar a própria sombra que possa ter sido produzida por um sol intenso que se coloca diante de seus olhos de forma a cegar seus passos futuros, queimar seu semblante, que pode ser tomado como um de preocupação, mas que estará revelado em todas as suas imperfeições e alegrias por um astro maior que, na realidade, não é nada além da mais absoluta vontade de viver, vencer e secar sobre uma terra onde faltam apenas suas lágrimas para germinar."

Puxa, era isso mesmo! Genial! Era de um jovem escritor de nome latino... Sebastian, Sebastian Salto. Procurei os livros dele na biblioteca e mergulhei no seu universo. Comecei por *Micose plaza*, uma espécie de versão psicodélica de *Hansel e Gretel*. Interessante. Gostei do que ele escrevia. A gente tinha alguns pontos em comum. Achei que ele poderia me dar algumas dicas, principalmente sobre para quem enviar os originais, me indicar uma editora. Eu tinha certeza da qualidade do meu texto. E, tendo em vista o tipo de coisa que ele escrevia, tinha certeza de que ele gostaria também. Salto não era um acadêmico. Não era um jornalista. Era apenas um escritor que acreditava mais na imaginação do que na informação. Meu tipo de coisa. Ele poderia valorizar aquela história fantástica que eu contava sem se preocupar com o fundo de verdade e o forro de motivações. Não ficaria me questionando se era tudo verdade, se era apenas filosofia; aproveitaria o caldo literário que umedeceria meu livro como licor sobre biscoito champagne para a classe C. Ele comeria o pavê.

Mandei meus originais para ele, ainda inacabados — claro, já que estou contando isso aqui. Consegui seu endereço facilmente no blog dele, na internet. Escrevi primeiro um email, perguntando se eu podia enviar meu texto. Para minha alegria, sua primeira resposta veio logo. E foi simpática:

"Valeu por escrever. Fico feliz que tenha gostado dos meus livros, não é sempre que um jacaré me escreve. Aliás, são raros os jacarés que leem, em primeiro lugar. Taí um espaço aberto para você preencher. Mande seu livro sim." E acrescentou o endereço.

Tive de mandar outra mensagem para ele, explicando que o livro ainda não estava pronto, que eu precisava conversar sobre isso, sobre as ideias nele expostas; queria participar de oficinas, grupos de discussão literária, tudo aquilo que ele pudesse me indicar. Como se tratava de um livro de memórias, ou de uma espécie de diário, eu escrevia à medida que as coisas aconteciam. Provavelmente eu até o colocaria — ele, Salto — como personagem. Avisei que mandaria o que eu já havia escrito até então, mas só se fosse possível depois conversar pessoalmente, num barzinho ou algo assim.

A resposta foi um pouco mais seca:

"Não frequento barzinhos, não acredito em oficinas, mas de repente a gente pode marcar numa sorveteria. Mande o livro. Talvez eu demore um pouquinho pra ler, porque tenho recebido muita coisa. Nos falamos."

Não importava que ele estivesse recebendo muita coisa. Meu livro não era apenas mais um, não. Eu tinha certeza da qualidade do meu texto. E, além do mais, ele não estava curioso para saber o que um jacaré tinha a dizer? Fiquei um pouco desestimulado. De repente ele não era a pessoa mais indicada para eu mandar o livro. Autor jovem, cheio de vaidades, inexperiências. Se eu fosse melhor do que ele, saberia admitir? E se ele me criticasse, eu poderia aceitar? E se ele roubasse meu livro?

Bem, bem... Na dúvida, mandei.

Mas esses processos são tão lentos. Para cada página ser virada você basicamente tem de esperar o avanço em metros de placas tectônicas, e raramente elas provocam terremotos. É uma fila injusta, pois os mortos são sempre os primeiros, e os urgentes, ansiosos e desesperados morrem esperando todos os dias.

Eu sou ansioso demais, fui ansioso demais, estava ansioso demais por notícias porque precisava encontrar um jeito de fugir daquela vida de professor que me impingiam. Meu livro era uma garrafa jogada no mar por um náufrago. Eu não tenho medo dos tubarões, mas, oh, eles me extenuam...

E eu nunca havia lido algo escrito por um jacaré. Achava que eu era único, eleito e elevado. Mas basta o orgulho ser exposto para se transformar em vergonha. (Não é o mesmo que acontece com o sódio metálico?) A vaidade que despertava em mim era tão forte como a vergonha que me colocava para dormir. Como fica a vaidade dos tigres, se só se aplaudem os domadores?

Aliás, preciso escrever sobre isso, sobre um tigre, Richard Lenoir. Chegou para destruir minha vaidade. Chegou com suas patas pesadas e seu ar imponente. Tudo para acabar comigo. Como eu poderia me considerar feroz, como eu poderia me considerar um artista, se a beleza que eu buscava na arte estava toda personificada naquela figura felina? Para trazer poesia ao mundo, ele precisava apenas bocejar. Não foi assim que Tadzio acabou com Aschenbach? E eu com minhas escamas, eu com meu charme pré-histórico, só poderia invejar uma pelagem que não me pertencia...

Richard Lenoir chegou à Universidade bem depois de mim e já ocupou um cargo de responsabilidade. Na verdade, veio para ocupar o meu cargo, coordenador do Departamento de Racionalidades. Achavam que eu não era capaz. Achavam que eu era incapaz. O doutor Péri me chamou novamente em sua sala e expôs a situação. Espalhou um bando de papéis na minha frente e eu percebi que eram meus próprios textos.

"Ei, onde você conseguiu isso?"

"Isso não vem ao caso. O que importa é que são textos bastante comprometedores. Ideias bem subversivas, que não deveriam vir de um professor. Eu não me importaria tanto com o que está escrito, se não fossem os comentários. O pessoal todo está comentando. Seu comportamento não tem sido dos mais racionais. Sei que anda bebendo. Além disso, deram por falta de um atum no aquário, numa de suas turmas. Acham que você é o responsável. Não quero saber. Não vou perguntar, mas você tem de entender. Nós temos peixes ensinando aqui na Universidade. Não ficaria bem essa crise interna. Se você abre demais sua boca, eles fecham as deles. É um esforço imenso manter todos os instintos sob controle. Você deveria ter se esforçado também."

Ele estava avançando numa direção perigosa, e eu sabia aonde queria chegar. O mais humilhante era vê-lo se explicando assim, se justificando, como se uma demissão pudesse me magoar.

"É uma questão política afastar você. Estão trazendo à tona várias histórias do seu passado, seu hábito de comer travestis, seu envolvimento com o submundo. Precisamos manter o bom nome desta Universidade."

Que bom nome? Eu nem sabia qual era o nome daquele lugar! Não me importava. Também não queria mais dar aulas. Só me preocupava com o que eu iria fazer para sobreviver.

"Não se preocupe, você receberá uma boa indenização. Tem um mês para desocupar seu dormitório, levar suas coisas. Até lá, tenho certeza de que encontrará outro emprego. Nós já contratamos o professor Richard Lenoir e ele assumirá suas aulas a partir de amanhã. Assim, você pode cumprir seu aviso prévio em silêncio."

Outro emprego? Outro emprego? Para ele era fácil falar — humano, com todas as credenciais. Mas eu só sabia comer outros animais. O que me restava? Poderia eu encontrar abrigo na Universidade do Hambúrguer?

Me lembrei do conselho da dentista, a Dra. Pigalle: "Seus hábitos naturais não serão problema se sua alimentação seguir pelo mesmo caminho. Ou você muda a sua dieta, ou assume a postura de animal respeitável e escova os dentes." Ela estava certa. Era impossível conciliar meu apetite com uma carreira acadêmica. Pois então, antes de eu ser ejetado definitivamente da Universidade, resolvi consultá-la mais uma vez, para ver se ela me dava pistas sobre o que fazer. Fiquei lá, sentado em sua poltrona, de boca aberta, sem nada a dizer. Aquilo era melhor do que terapia com a Dra. Blanche, afinal. Por mais que me irritasse, eu ouviria o que precisava ouvir. E a Dra. Pigalle ficou lá, saltitando entre meus dentes, me fazendo as perguntas mais esdrúxulas que eu não poderia responder. Esperei pacientemente até ela dizer algo que eu pudesse aproveitar.

"Hum... não estão escritas as fendas que existem entre seus dentes, hein?"

Ótimo! Então isso queria dizer que havia mais entre meus dentes do que eu estava registrando? Que haviam espaços no texto que eu não havia preenchido? Que eu estava dando atenção demais aos meus dentes quando havia algo mais entre eles? O que fazer? O que escrever? Queria perguntar a ela, mas minha boca aberta indicava que o momento não era para isso. Eu tinha apenas de aceitar suas colocações e interpretá-las, como se ela fosse o Mestre dos Magos.

Escrever. Escrever. Eu me mudaria para meu próprio apartamento, longe dali, e aproveitaria o tempo livre para preencher as fendas, explorar minhas próprias cáries, terminar meu livro de memórias. Eles veriam só: eu seria elevado pelo pedestal da arte. Olharia aquela universidade do alto e suspiraria em ar rarefeito. Antes disso, fui pedir mais conselhos para minha velha amiga Santana. "Aquele latão? Não está mais aqui. Foi levada para a sala do professor Richard Lenoir."

Até ela havia me traído. Entendi tudo. Os rascunhos, revisões e reflexões que eu havia feito em meu texto foram dados por mim à Santana, para reciclagem. E ela os entregou direto aos cabeças da Universidade.

A curiosidade, a inveja e a competição das quais eu havia sido alvo anteriormente naquele estabelecimento foram substituídas simplesmente por desprezo. Ninguém mais se importava com minha presença lá — eu era apenas um quarto a ser desocupado. Até vi Jasmin se contorcendo por Lenoir. Dra. Charonne destilando a ele seu veneno. Surpreendentemente, não sofri com ironias de Kléber, o gavial. Ele foi o único que me tratou com um certo respeito.

"Você pode não acreditar, mas fico triste de as coisas terminarem assim, sabe? Por mais que tivéssemos diferenças, era melhor ter um crocodiliano do que um felino como superior, não é? Esses animais de coração quente vão acabar acarpetando tudo por aqui. Se não fizermos nada, os répteis nunca voltarão ao poder!"

Eu disse que não me importava. Não queria o poder. Queria apenas sossego, fosse conquistado pelo desprezo ou pelo status. Os humanos poderiam colocar carpetes para aquecer seus pés, mas quem sairia ganhando mesmo seriam os ácaros e as micoses entre seus dedos. No fundo, sempre sairia ganhando quem preenchesse as frestas em silêncio. O erro dos dinossauros foi querer aparecer demais.

"Kléber, essa mania de grandeza ainda vai te matar."

Peguei indicações de meus alunos insetos para arrumar um novo lugar para morar. O besouro Laumière me ajudou bastante. Despediu-se com lágrimas e prometeu me visitar. Mas dele eu estava feliz de me livrar.

Assim que recebi a rescisão, que finalmente veio em dinheiro, me mudei para este hotel vagabundo no centro da cidade. Na verdade, é um motel, pelo menos no quesito sexual. Eu trabalho escrevendo num quarto, enquanto a macacada copula nos outros. É primordialmente por uma questão econômica, claro, mas também uma ideia bem *mal du siécle*, talvez me traga inspiração. Sou atraído por essa decadência da mesma maneira que os casais e as moscas e os viciados, que também precisam se sentir transgressores para realizarem seus desejos. Só tenho um pouco de medo de que os gemidos que passam por baixo da porta atrapalhem minhas reflexões.

Parece que por aqui também fazem comércio informal de substâncias ilícitas e de animais silvestres, mas eu mesmo não me considero mais silvestre nem ilícito, e acho que, num lugar como este, há animais bem mais interessantes a serem comprados. Interfono para o lobby.

"Em que posso ajudá-lo, senhor?"

"Pode me arrumar um notebook?"

Meu cofrinho esvazia-se rapidamente. Não estou acostumado a lidar com dinheiro. O computador é apenas o primeiro dos serviços que eu peço por telefone. Almoços, jantares, produtos farmacêuticos e garrafas de champagne são sempre entregues no meu quarto, assim nem tenho necessidade de sair. Não quero experimentar o excesso das ruas. Passo o dia escrevendo, coisas muito mais tolas do que isto. Quando me canso, durmo. Quando tenho excesso de energia, bebo para dormir. Televisão eu não assisto, porque nós répteis não conseguimos focalizar por muito tempo — então se torna sempre frustrante ter de desligar no meio de um filme sem saber quem é o assassino. Além do mais, a programação típica do circuito interno do motel me mata de fome — programas de culinária e filmes pornográficos. Eu prefiro manter ligado um canal fora de sintonia, para que o azul invada a tela e eu possa relaxar com ela, numa espécie de cromoterapia. Como eu não tenho mais plano odontológico, e não posso consultar a dentista, olho para as estrelas, tentando descobrir o que elas teriam a me dizer. De repente, me dão uma luz, algo sobre meu futuro, minha promissora carreira de escritor. Não dizem que os astros regem nossa vida? Não dizem. Elas me ignoram. Tenho de pedir os jornais do dia e ler o horóscopo. Pois é, parece que as estrelas só dão trela para jornalistas.

De vez em quando, tomo o sol que entra no quarto, uma faixa estreita, das 11h53 às 12h31, deitado no carpete verde-sujo. Depois vou me refrescar na banheira de hidromassagem que há nesta suíte. É pequena para um animal como eu, mas no momento é o que posso pagar.

Solidão? Eu não sinto. Há alguém para conversar comigo. Sim, logo percebi que meu notebook tem vontade própria e ideias muito particulares. Ele é um pouco temperamental, mas a figura certa para me ajudar com meu livro. Podem chamar de tilt, tique, tíquetes para minha própria vida, mas vez ou outra ele se apaga e apaga também tudo o que eu escrevi. Sinal de que é hora de eu começar de novo. Assim vou decorando as frases, assim vou criando o ritmo, assim vou tendo mais certeza de minhas lembranças, mais lembranças para me certificar. E páginas para preencher.

Meu notebook se chama Stratford, e é traumatizado por um histórico de abusos e descasos, coitado. Foi funcionário de uma jovem poetisa que escrevia tudo à mão e só solicitava seus serviços para passar a limpo, não admitindo que ele manifestasse suas opiniões nem desse seu toque pessoal. Quando ele se cansava desse trabalho braçal, e parava para respirar, levava pauladas de sua patroa até entrar em pane e ser mandado para o conserto. Dela, só ouvia queixas. Ela até mesmo o comparava com um liquidificador. "Mas os liquidificadores, como todos os eletrodomésticos, nos obedecem. Não são geniosos como os computadores", dizia.

Então Stratford chegou a mim de segunda mão, neste motel onde tudo tem mais mãos do que Shiva; aqui, onde a poetisa prestava seus serviços. Eu não quero poesia; nem ele — só queremos um trabalho decente, enquanto as camas chacoalham ao nosso redor. E é tão difícil se concentrar...

Porque para escrever é preciso um certo grau de concentração. Para dormir, de inconsciência. E eu acabo trocando os turnos, me concentrando quando devo estar dormindo, e inconscientizando quando devo escrever. Quer dizer, quando eu me deito para dormir, as camas ao meu redor chacoalham e me pregam em pensamentos concretos, quando eu devia estar afundando na abstração e deixando o absurdo acontecer na minha mente. Como eu geralmente tenho o organismo exaurido pela grande quantidade de álcool e proteínas que ingiro, meu corpo acaba adormecendo e minha mente permanece acordada. Isso causa um tipo estranho de sonambulismo. Sei que estou dormindo, mas tenho os olhos abertos e posso ver tudo ao meu redor. Posso perceber o movimento do meu próprio corpo, involuntário, andando em círculos pelo quarto, sentando-se para escrever. Vejo as palavras, leio sentenças, mas não tenho controle sobre o que escrevo. Pois, se minha mente está acordada, meu corpo dorme e trabalha sonambulisticamente.

No que sonha? Eu penso. No que o resto do meu corpo deveria estar pensando? Se ele se movimenta e digita sobre Stratford, mas minha cabeça continua concentrada?

Ja de dia, quando devo trabalhar, minha mente se perde em devaneios por ter ficado desperta a noite toda e minha escrita se torna um longo bocejar. Quer dizer, tenho os dedos acordados, consigo fazê-los trabalhar, mas minha mente se perde numa falta de sentido e se torna difícil encaminhar os parágrafos para um fim. No fim, não é quase a mesma coisa? Acordado ou dormindo, a mente ou o corpo se encarregam de trabalhar contra mim. Pois eu nunca penso que podem estar trabalhando a meu favor.

Isso, somado às interferências de Stratford, está tirando meu texto dos trilhos como um trem entrando em uma *ferry*. Ah, será que do outro lado a viagem prosseguirá?

Para piorar as coisas, tenho de dividir o apartamento com outros animais. Cupins, que fazem festas nos pés da mesa e descem cada vez mais meu pedestal. Isso é no que dá eu receber recomendações de insetos na hora de procurar moradia. Quando faz silêncio nos quartos vizinhos, ouço o ruído de serrar no meu próprio. É como se meu cérebro se transformasse em pó. E isso porque os móveis são de compensado. "Ah, por que não vão atrás de mogno? Vão jantar na casa da Lya Luft!"

Eu, meus escritos e Stratford ficamos aqui, afundando em asinhas. Os insetos deixam seus véus para trás e acasalam nos túneis da minha miséria. Todo mundo vem aqui para isso e eu tento dar à luz um filho eterno, que voe mais longe e que não fique se debatendo em frente à tela da televisão. Enfim, o motel no qual eu me escondo não passa de uma via transitória para os cupins, como é com todos que querem se esconder em suas tocas.

Porém, até que tem seu lado positivo, pois sua lenta serragem me dá um ultimato. Tenho de escrever meu livro antes de a mesa vir ao chão, já que as limitações financeiras não me freariam. E, antes disso, tenho de encontrar uma solução para o meu estado, uma ocupação rentável neste mundo incivilizado. Tenho de me reposicionar como jacaré, antes de os cupins me forçarem a rastejar.

Também é muita hipocrisia dizer que eu consigo me direcionar exclusivamente à literatura. Não. Embora contaminado pela (in)civilidade humana, ainda tenho alguns vícios e resquícios da minha espécie. Nem tudo é alcoolismo e luxúria. Também persiste o velho instinto predador. Minha necessidade de caçar, atacar e sentir uma alma tenra esperneando entre meus dentes.

Principalmente quando a atividade orgástica ao meu redor se intensifica, minha fome aperta. Estou cercado de carnes pulsantes por todos os lados, que envolvem meu quarto numa nuvem de vapor humano e tornam impossível minha redenção.

Outros escritores já tentaram isso antes. Nicolay Poloiev, o filósofo, passou seus últimos dias num bordel da Lituânia. Para ele, era como voltar para casa, já que fora num lugar desses que nascera e se criara até os sete anos, com a mãe meretriz. Dizia que os vapores sexuais fermentavam seu cérebro e davam luz a ideias ricas, que condensavam a miséria e as aspirações da alma humana. Com toda aquela fricção, parte do material genético se vaporizava, óvulos e espermatozoides flutuavam e formavam uma nuvem sobre a casa dos prazeres permitidos, tornando-a uma ilha de ideias proibidas. Era como se o cérebro de Poloiev fosse fecundado a cada instante, gerando fetos mentais. Material genético de outros seres, que ele aproveitava de maneira puramente ideológica. Afinal, se cada ser pode aproveitar apenas o produto do sexo oposto para dar à luz novos projetos, Poloiev o fazia com produtos de ambos os sexos, ambos externos, sem contaminá-los com sua própria linhagem cromossômica, usando sua massa encefálica como uma grande incubadora. E isso é o que se podia chamar de genialidade. Mas também se podia chamar de tumor maligno, porque foi o que o matou, naquele bordel, tumor no cérebro, que o iluminou, depois o enlouqueceu, deixando como obra uma série de tratados absurdos que — admirados ou caçoados — permanecem incompreendidos.

Como o pouco respeito que eu conquistei foi apenas como professor universitário — sem a rebeldia e a transgressão que poderiam me elevar para gênio — e a falta que me condenou é simplesmente minha fraqueza suburbana, resolvo afundar o pão no molho. O requinte de minha vida literária não convenceria mesmo a ninguém. Todos os funcionários do motel acham que eu não passo de um jacaré pervertido que se esconde aqui para recolher os restos deixados por outros sexos, de outros casais. Acham que nós, répteis, somos animais pegajosos como os anfíbios, porque nunca nos deram a mão para cumprimentar. Puro preconceito, ignorância, e tenho de conviver com isso. Eu, que nem voyeur posso ser, se só consigo escutar, resolvo provar com meus próprios dentes a especialidade da casa.

"Boa noite. Podem enviar um garoto para o meu quarto?"

Quinze minutos depois, batem à minha porta. Eu já estou um pouco arrependido, não sei muito o que fazer. Resolvo que não perderei tempo com conversas e preliminares, abrirei a porta e cairei de boca, como uma garra de metal sobre um urso de pelúcia. Engolirei de vez o pitéu. Assim não terei tempo de sentir remorso nem afeição. Só que, quando abro a porta, meu queixo cai.

À minha frente está um rapaz dourado, com coxas torneadas e peito estendido. Uma franja que cai sobre o rosto e faz os olhos mais atraentes e mais misteriosos, escondidos. Tatuagem. Piercing na orelha. Talvez piercing nos mamilos? Caroços que eu cuspiria depois de degluti-lo, se eu pudesse degluti-lo. Meu maxilar travado me impede de fazê-lo. Pois é apetitoso, suculento, mas ainda assim reconhecível.

Quando o olhar dele se choca com o meu, percebo que é recíproco. Ele também me reconhece de algum lugar, então pergunto: "Artur?". O que vocês fariam se reconhecessem um velho amigo de infância? Ora, ora, não respondam apenas "com abraços e saudações", não. Pensem nas possíveis conjunturas em que se conheceram, e pensem em suas atuais situações. Pensem se suas situações atuais são de vergonha, orgulho ou debilidade. Pensem se vocês o encontram numa fila de banco, cansados, sem querer falar com ninguém. Pensem se ele está do outro lado da rua e vocês têm de atravessar, e os carros vêm rapidamente, e vocês são um jabuti, ou uma lesma, ou quebraram o pé, ou o quebram no meio do percurso e chegam do outro lado mancando, fazendo-o perceber que vocês tiveram um grande esforço — e uma grande desgraça — para encontrá-lo, e ele balança a cabeça porque não faria o mesmo por vocês. Talvez ele nem os reconheça. Talvez ele os reconheça e tenha boas lembranças de vocês, mas ao vê-los novamente perceba como o tempo passou, e como envelheceram, ou pense que, na verdade, não gostava tanto de vocês assim. Ou gostava, mas agora, ao vê-los novamente, não tem mais interesse algum, preferia ficar com suas imagens de infância, não queria ser atualizado dessa maneira. Pensem se vocês o encontram vinte quilos mais gordo, longe da imagem heroica do passado, pensem se ele está muito melhor. Pensem que talvez ele esteja acompanhado e não queira que sua acompanhante saiba que ele próprio teve infância. Pois ele pode ser uma borboleta que saiu do casulo e, como criança, não era nada além de um verme, uma lagarta. Pensem se ele está dirigindo um mercedinho prateado e vocês estão num ônibus, ou o contrário. Pensem se ele os encontra no pior dia da melhor fase de suas vidas, e vocês não podem convencê-lo de que tudo anda ótimo, porque naquele momento vocês têm uma aparência cansada, derrotada, vocês não fazem jus aos seus sucessos. Pensem se seus sucessos serão recebidos com inveja ou decepção. Pensem que, mesmo que suas reações sejam das mais entusiasmadas, o desprazer do outro talvez seja inevitável.

E no caso de Artur Alvim e eu? Ele poderia ficar orgulhoso por ter transcendido a condição de garoto de rua, se elevado dos esgotos ao sétimo andar de um motel, como garoto de programa. Poderia envergonhar-se de eu saber do seu passado underground, suas marcas nos joelhos, os sapos que engoliu. Podia orgulhar-se do passado, de ter um berço transgressor — desde pequeno convivendo com as diversidades, desde pequeno um garoto radical. Podia envergonhar-se do presente: garoto de programa, vendendo o corpo para se manter elevado. Ai, ai...

E eu? Sentiria orgulho por ser um escritor recluso? Vergonha pelo mesmo motivo? Orgulho por ter sobrevivido? Vergonha por ter chamado os serviços de um garoto de programa? E o que seria orgulho para mim seria interpretado como vergonha por ele? Ou o contrário? Será que nós conseguiríamos conciliar nossos desejos e impressões, e chegar no acordo de um bom reencontro? Trabalho demais. Muito esforço pensar em todas as possibilidades. É por isso que o melhor a fazer quando você avista um antigo amigo é ficar do outro lado da rua e fingir que nada aconteceu — evite constrangimentos Deixe a crisálida intocada.

Só que essa opção eu não tinha, obviamente, assim, nesse momento, nesse quarto de motel, com Artur Alvim bem na minha frente. Ele poderia ter me acertado com um gancho de esquerda, ter fugido desesperado, ter medo de meus dentes, saudades dos velhos tempos. Poderia ter se esquecido de mim, lembrar-me de uma dívida, de que nunca fomos amigos realmente. Poderia ter se esquecido de tudo, por causa de todos os toxicos que ingeriu — eu entenderia; eu poderia ter sido guardado num neurônio perdido ou perdido num neurônio guardado. Ele poderia ter perdido páginas e páginas do meu romance na vida dele, e se surpreenderia de haver um jacaré dentro de um quarto de motel. Ele poderia fazer o que quisesse, com um peito amplo daqueles e aqueles piercings apontando para mim, mas apenas responde: "Desculpe, não presto meus serviços a jacarés." Apenas isso, sem ataques ou sorrisos. Eu aceno com a cabeça: "Entendo. Podemos ao menos conversar?". Convido-o a entrar e ele o faz cabisbaixo, com as mãos no bolso. Dá de encontro com a serragem nos pés da minha mesa. "Ei, você tem cupins aqui."

Diga algo que eu não saiba. Ele tira uma pistola do bolso e aponta para minha cabeça. Eu desvio e ele acerta uma mosca que pousa na parede. "Na mosca." Eu me preparo para acertá-lo com meu rabo. Não, nada disso. Ele apenas fica lá, quieto, sem me mostrar pistola alguma. Faz uma leve carícia em Stratford, que, ao perceber a mão de um mancebo, desliga sua proteção e se acende com meu texto em tela. "Está escrevendo?"

Digo que sim. Pergunto a ele sobre nossos antigos colegas. Já que estou fazendo um livro de memórias, é bom saber o destino dos personagens, nem que seja para um epílogo.

"Não sei. Nunca mais vi ninguém. Depois que o esgoto foi destruído, fui trabalhar no parque de diversões que ergueram sobre ele, vestido de rato. O único que encontrei, há alguns anos, foi Voltaire, num restaurante..."

"Ele era um agente secreto", conto a ele. "Eu sei" é a resposta. Antes que eu pergunte como ele pode saber, acrescenta: "Voltaire foi um dos meus raros jantares de luxo. Um cliente generoso me pagou."

Eu poderia encostar meu ouvido no seu estômago e beijar seu umbigo. Mas isso acabaria me obrigando a uma mordida. No fim, Artur Alvim deve ter papado mais gente do esgoto do que eu. Vejam só para que serviu meu enorme apetite. Frustrado. Aquele garoto franzino se tornou um rapaz tenro e suculento, certamente andou tomando muitos laticínios...

"Nah, eu até que perdi uns quilos recentemente... arranquei um dente do siso."

Não tenho muito o que dizer. Tenho vergonha de explicar ao ex-petiz que o chamei em meu quarto por outros apetites — e mais ainda de encenar o desejo sob o qual ele estava acostumado a atuar. Em minha postura de intelectual da boca do lixo, domo meu instinto animal e abro uma lata de sardinhas. Ofereço. Ele recusa. Não pode comer peixe, pois tem de manter um bom hálito durante o trabalho. Vejam só: é profissional. Muito profissional. Não é algo totalmente inesperado para mim, é como ele fazia com os ratos. Consegue usar sua personalidade transgressora a serviço de seu sustento.

"Sabe que andei pensando em você?", me diz. Me lisonjeia. "Em mim?"

"Sim. Estou pensando em fazer umas escamas aqui, no lado interno do meu braço, veja só, com tatuagem, o que acha?"

Ora, o que entendo de tatuagem? As escamas sobre meu corpo são placas muito mais duras. Ele continua: "Estou pensando em me tatuar como um réptil."

Rá! Essa é boa. O que pretende com isso? Já havia trabalhado vestido de rato num parque de diversões, agora seria um réptil trabalhando num motel? Eu, como professor experiente, deveria aconselhá-lo. Ser réptil não leva a lugar algum, é apenas um longo e doloroso rastejar. Além do mais, um piá volúvel como ele logo iria se cansar. Depois faria o quê, se tatuaria com manchas de vaca?

"Ah, mas se eu tatuar meu corpo todo, posso até vender depois para esses mafiosos japoneses. Eles pagam uma nota por uma pele estampada."

Hum... vender o corpo para japoneses? Eles comem de palitinho? Não estou entendendo essa conversa...

Sinto que nosso papo não está progredindo. Artur deve sentir o mesmo. Olha de cinco em cinco minutos ao relógio, como se eu roubasse seu tempo. Eu roubaria. Engoliria como um crocodilo que tenta resgatar das mãos de um pirata o toque violento do tempo que acabara de atingir um rapaz que se recusara a crescer. Artur Alvim cresceu, mas não ao meu toque. Ao menos não mudou muito — no recheio, que é o que importa. Continua vendido, vendável e desfrutável. Eu não desfruto de nada. Ele vai embora. Me cobra pela visita. Mas me deixa o telefone de um colega.

"Olhe, se ainda estiver a fim, ligue para ele. Acho que é o tipo de coisa que você está procurando..."

Tristeza. Nem mesmo um garoto de programa está disposto a entrar pela minha boca. Ele me repassa para um colega como se eu fosse o pedaço de um bolo de aniversário entregue a um convidado que já se empanturrou de brigadeiro. Eu, desmanchando sobre o guardanapo, me equilibro na minha dignidade para não acabar me espatifando no chão e deixando minha marca num carpete que já recebeu glacês demais.

Hesito um pouco em ligar para o número que ele me deu. Tenho medo de me expor novamente. Mas ainda tenho fome, e a fome é maior do que o medo, que é maior do que a vergonha e blá-blá-blá. Resolvo discar.

"Olá, amiguinho! Que bom que você ligou!"

Me surpreendo. "Mesmo?" Quem é aquele? Não reconheço a voz. "Com quem estou falando?"

"Com o seu amiguinho, o Coelhinho da Páscoa!"

Essa é muito boa. Artur me passou o telefone de um coelho! Achei que era do disque-sexo. Que ao menos fosse do disque-pizza. Muito bem, *lapin*. Pergunto:

"Me diz uma coisa, você é amigo do Artur Alvim, é?"

"Tenho muitos amiguinhos pelo mundo afora! E nós dois seremos amigos para sempre! Hihihi!"

"É... ok. Então, coelhinho, não está a fim de vir aqui me fazer uma visita, não?"

"Hum... você foi um bom menino?"

"Menino? Do que está falando?"

"Vamos viver muitas travessuras juntos! Você vai adorar os meus ovinhos!"

"Hum... ovinhos? Pode ser... vem pra cá então!"

"Seu peraltinha, tem de esperar até a Páscoa! Mas antes preciso saber: você anda escovando os dentinhos?"

E continua com aquele papo de "mundo mágico de aventuras além do arco-íris, blá-blá-blá". Aquilo começa a me enjoar e desligo, tendo de aceitar que foi apenas uma brincadeira de mau gosto do Artur Alvim. Ah, tristeza...

Só me restam latas e latas de sardinhas. Pego uma das minhas e começo a comer. Fico olhando a lata aberta, com sua tampa dentada, sorrindo para mim. Me parece uma prima zombeteira de Santana. Deve estar zombando do que a vida fez de mim. "O que sua prima fez de mim, não é? —

depois que me denunciou para os cabeças da Universidade." *No hard feelings*, não queria continuar por lá. Mas me incomoda que, por ter sido expulso, desse motivo para chacota. Será que meus antigos colegas universitários se lembram de mim? Será que riem do meu idealismo ou mitificam meus ataques?

Bem, que façam o que lhes aprouver, a mim cabe voltar para a Universidade encadernado — quem sabe em capa dura — e conquistar meu espaço na estante mais alta — inacessível, leitura sofisticada, orelha assinada por Alcir Pécora. E ainda ganho uma encadernação em couro de gavial. Esperem só!

Enquanto masco esses pensamentos para recuperar o doce de minha vida, batem à minha porta novamente. Abro e vejo uma garota adolescente mascando chiclete. "Hum... então é verdade o que temos aqui", diz ela. "A verdade não existe", eu diria se estivesse num daqueles parágrafos relativistas. Mas quero ser prático e para isso me esforço. Por isso ela não me dá tempo: entra sem ser convidada, senta-se na minha cama e estende a mão. "Prazer, sou Picadilly." Sim, e daí? Não havia pedido mais nada por telefone. Eu já estava conformado com o fim de minha noite — sardinhas como jantar.

"Não vai me convidar?", ela pergunta.

"Não", respondo. Não estou a fim de dividir minha comida.

"Olha só, bichano, que tal só uma mordidinha?"

Para não prolongar a discussão, estendo a lata aberta. "Pode ficar com tudo." O que não me faltam são latas como aquela e eu não vou negar comida a quem dá tanto de comer neste hotel. Ela ri. "Não é disso que estou falando. Uma mordida em mim."

Essa é boa: mordida nela? Quer dizer que entrou aqui para ser comida de jacaré?

"Não exagere, só uma mordidinha. Estou precisando perder uns quilos. Olha, que tal esses pneuzinhos? Aqui do lado, veja. Não parece apetitoso?"

Digo a ela que não faço lipoaspiração. Imagine só, ingerir aquela gordura toda. Será que acham que só porque sou jacaré tenho de comer qualquer porcaria que me aparece pela frente? Tenho bom gosto... bem, talvez nem tanto, mas sou seletivo. Faço minhas escolhas, quando ainda tenho opções. E uma lata dentada sorrindo para mim ainda me parece mais interessante...

Picadilly insiste e começa a tirar a blusa, blusa de oncinha. Ah, constrangimento, constrangimento. "Olha só, estou um pouco enjoado, poderia ir embora?" Ela desdenha e ri da minha cara: "Bem que me disseram que você não era de nada..." Abusada. Quem aquela surfistinha pensa que é para entrar no meu apartamento, no meio do jantar e me insultar daquela maneira? Depois se levanta e caminha até a porta. Rebola com os pneus como uma daquelas vaquinhas sobre um barril. Não me apetece, mas também não posso deixar que saia assim. Na minha dignidade ferida, avanço e dou um bote direto na cintura (ai, o mau colesterol...).

"Ui, assim é que eu gosto", ela geme. Jogo-a de volta na cama e faço meu serviço.

Alguns minutos depois, Picadilly vai embora, sentindo-se mais leve. Me sinto enjoado. Essa junk food ainda acaba comigo. Ao menos afasto minha cabeça de pensamentos sórdidos e posso voltar a me concentrar integralmente no texto — me engano.

O calor aumenta cada vez mais, não só pela estação como também pela deficiência do meu ar-condicionado. Devo dar um nome a ele? Conversar com ele? Ouvir seu ruído e tentar entender o que tem a me dizer? Resolvo deixar as janelas abertas, mas daí os cupins fazem a festa — chamam seus parentes que vêm voando e ficam dançando sobre a minha cabeça até o amanhecer. Luz quente. Até sinto falta da fosforescência da Universidade, vejam só.

Talvez os insetos possam ser seres monomotivados, como os cupins, preocupados apenas em serrar. Mas nós, vertebrados, temos dezenas de vértebras para nos desviar. Desencaixar. De nossos sonhos, de nossos objetivos, de nossos deveres e compromissos. Eu queria poder passar o dia inteiro a escrever, mas a fome, e a fraqueza. E a fome. E a fraqueza.

Com esse calor, a janela aberta, um corvo vem voando e pousa sobre meu mancebo — estou falando daquela haste de pau com braços, não daquele traste cara de pau com braços tatuados. Eu não me importo, não uso mesmo nenhum mancebo para nada. Mas o que aquele corvo faz ali? Lê sobre meu ombro. Fica corrigindo meus erros de digitação. Me desconcentra enquanto tento escrever. Quieto, parado, mesmo assim a me incomodar. Acho que não diz nada. Mesmo assim, talvez pelo terrível repertório que me afunda, sinto que ele está a pensar em voz alta: "*Nevermore. Nevermore.*"

"Saia daqui." Tento expulsá-lo. Mas ele continua a piar, em silêncio: "*Nevermore.*" Talvez seja apenas um apito em minha mente. Tento fazer bom uso disso. Quer dizer, como as previsões da dentista, a Dra. Pigalle, *nevermore* pode ser um aviso. Ele avisando que eu não terei outra chance — é agora ou nunca —, que eu deveria aproveitar meu tempo para fazer o melhor possível, que o que havia passado havia passado, que eu só precisaria lembrar. E que, a cada segundo, um neurônio com detalhes do passado é destruído para sempre se eu não sou capaz de registrar. "*Nevermore.*"

Meu livro está terminando e meu dinheiro também. Na minha ingenuidade de estreante, acho que posso conseguir um adiantamento de alguma editora. Preciso de uma boa indicação, para furar a fila dos originais. O que importa mesmo é a grana. Grana para comer, sabe? Comer, não disse sempre que é isso o que importa? Por que você acha que as bandas de rock ensaiam tanto? Pelas groupies! E os escritores? Pelo uísque! Todos os prazeres são orais... Eu, como jacaré civilizado, só consigo pensar na porção de filés de peixe grelhados que posso comprar com um adiantamento polpudo que uma boa editora dará a um animal prodigioso como eu. Oh, mas esse corvo a sussurrar pelas minhas costas?! "*Nevermore.*"

Tento espantá-lo. E vocês sabem como são os pássaros, nunca acertam a janela. Ele apenas voa para cima do armário. E de cima do armário para trás da cama. E de trás da cama de volta para o mancebo. Me canso. Ligo para a recepção, para o rapaz atencioso que sempre trouxe tudo o que pedi.

"Olá, rapaz, como é seu nome mesmo?"

"Peckham, senhor, Peckham Rye."

"Como a sobremesa?"

"Não, senhor, isso é *pecan pie.*"

"Oh, sim. Bem, estou com um problema aqui no quarto. Se eu tivesse asas, não me prenderia a esses detalhes, mas um pássaro entrou e fica gritando sem parar '*Nevermore*'. Estou longe de ser Edgar Allan Poe, e isso me desconcentra e me tira toda a inspiração. Pode dar um jeito de espantá-lo?"

O rapaz Peckham sobe até meu quarto e tenho de me controlar para não vê-lo como uma torta de nozes. Castanho, amendoado... vem voando, com uma vassoura, mas desiste de usá-la ao ver a ave.

"Oh, senhor, ele é um hóspede aqui do motel. O senhor Brixton. Está um pouco esclerosado, sempre entra no quarto errado, mas é um animal de respeito. O senhor não viu aquele filme do Hitchcock? Ele foi um dos protagonistas..."

Não me importam filmes de suspense. Digo a ele. "Está me contaminando com poesia. Fica sussurrando '*Nevermore*', '*Nevermore*', não me deixa trabalhar."

"Desculpe, senhor, não é isso o que ele sussurra. Chegue um pouco mais perto para ouvir."

Nos aproximamos vagarosamente, para que Brixton não saísse voando feito um louco pelo quarto. De fato, ouvindo melhor, o que ele dizia não tinha nada a ver com o poema de Poe: "*Que será, será, whatever will be, will be, the future's not ours to see, que será, será...*"

"É uma música, senhor. Ele é fã da Doris Day."

Depois de ouvir toda aquela lenga-lenga, finalmente consigo que Peckham Rye leve Brixton para fora do meu quarto. Ele usa uma toalha — a joga sobre a ave e sai se desculpando. Oh... como queria depenar os dois... Tento voltar ao trabalho, mas estou com aquela terrível música na cabeça. "*Que será, será...*"

Eu deveria me sentir inspirado — livre e desimpedido — para escrever meu livro como bem quero. Não há mais orientadores, debatedores, o peso de uma instituição sobre mim me dizendo o que fazer — e o que escrever. Mas isso, de certa forma, me atucana. Pois não sinto a correnteza contra a qual eu devo nadar. Não vejo a mão me indicando o caminho, para eu mordê-la e seguir para outro. Não posso transgredir se não pertenço a lugar algum, se ninguém se importa com o que eu faço — ou escrevo — se todas as possibilidades são possíveis e todas as alternativas se alternam.

Por isso fico nutrindo esse orgulho de ser um jacaré literário, como se os cães já não tivessem conquistado o espaço, como se eu estivesse realizando um feito verdadeiramente inusitado e inovador. Mas as letras são sempre as mesmas, minhas letras são as mesmas de todos os outros e não serão elas que dominarão a Terra. Não são elas que deixarão suas pegadas pe-

sadas e profundas no solo, como as de meus ancestrais. Aliás...
as pegadas que são sentidas atualmente me desviam ainda mais
do meu fazer...

Um dinossauro gigante despertou e passou a destruir a
cidade, só para piorar as coisas. Ninguém mais se preocupa
com literatura e filosofia, só querem salvar suas vidas. Os jornais, a televisão, só falam nisso. Perdeu seu emprego Manuel
da Costa Pinto. Eu posso escrever sobre fome, posso ruminar
existencialismos, mas todo mundo achará que são tolices e
se preocuparão com as manchetes do dia. Assim: qual prédio foi destruído, quem foi devorado. E minhas enxaquecas e
meu apetite? E minhas questões filosóficas? Todas pequenas.
Todas intangíveis. Todas inúteis se aquele enorme lacertílio
destrói todo o resto. Ao menos é uma boa desculpa para o
meu desemprego. Todas as minhas preocupações se tornam
menores sob o peso de uma pata pré-histórica. O meu medo
é que minhas prerrogativas também se tornarão. Eu, afinal,
sou um ínfimo réptil diante daquele que faz a cidade tremer.
Por mais que sua força se concentre unicamente no físico,
todos se curvam perante ela. Enquanto eu serei só mais um
frustrado. Literato.

Mas as paredes ao meu redor ainda chacoalham mais de
prazer do que de tragédias. É o sexo que faz meus dias tremerem, enquanto Godzilla resolve passear por outros cantos.
Mesmo em tempos tão tempestuosos, as pessoas continuam
fazendo amor. E as pessoas continuam precisando comer, sonhar, dormir... eu... Eu preciso também, e permaneço as noites
em claro por isso.

Permaneço as noites em claro, sentindo meus desejos se
acumularem em frustrações e as pessoas ao meu redor realizarem suas necessidades. Esse é o mal de morar num motel. As
paixões ao lado parecem sempre mais intensas do que as nos-

sas. A carne do vizinho sempre é mais tenra do que a do nosso prato. A gente sempre quer provar um pedaço...

Até que batem novamente à minha porta.

"Olá, chuchu."

Ah, não, Picadilly de novo?

"Sabe o que é? Eu estava pensando... tenho um encontro especial esta noite e... olha só... preciso perder um pneuzinho desse lado também. Não quer terminar o serviço? Uma mordidinha..."

A garota está ficando viciada nisso.

"Vai dizer que não gostou? Pode inclusive morder meus peitinhos. São 100% naturais, livres de transgênicos, transgêneros e produtos químicos."

Eu devia cobrar pelo serviço. Mas não, daquela carne não mais comerei. Bato a porta na cara dela e tento voltar a escrever. Stratford anda cada vez mais temperamental. Quando Godzilla se aproxima do motel, seus tremores deixam meu computador estressado. Muitas vezes dá queda de energia, o motel fica às escuras, e eu tenho de depender da boa vontade (e da bateria) de Stratford para trabalhar. Até quando ele vai aguentar eu não sei. Vira e mexe ele tem um colapso e se desliga no meio de uma ideia. Sugere que eu escreva microcontos.

"Stratford, acho que você não entendeu ainda que tipo de autor eu sou..."

Peço que tenha um pouco mais de paciência. Em breve poderei dar umas férias a ele, ficaremos só jogando Tetris. Mas ele começa a ter problemas de memória, contamina-se com vírus estranhos, tem todo o tipo de crise que uma máquina dessas pode ter. "Ah, se fosse um liquidificador...", penso comigo mesmo. Poderia jogar todas as minhas referências lá dentro — ciências biológicas, ideias filosóficas e músicas do Nelson Ned — que ele formaria um suco denso e homogêneo. "Só mais um pouco, Stratford, só mais um pouco, já estamos terminando."

Eu mesmo me sinto numa batedeira, com os passos do monstrengo lá fora e a putaria atuante lá dentro. Tamanha sacudidela geralmente faz a gente se derramar, seja em orgasmos seja em vômito, mas também pode aumentar uma gula proveniente da depressão.

É numa noite em que meus vizinhos atuam com especial vigor na parede atrás de minha cama que resolvo enfiar a cara no bolo. Bater na porta para reclamar do barulho, e sair de lá com a barriga cheia. Isso sim funciona, muito melhor do que encomendar pelo telefone. Já que eu não estou podendo pagar pelo disque-sexo, não quero esperar até a Páscoa nem continuar com a mastigação estética sobre Picadilly, interromperei o ato alheio e enfiarei a língua. Mastigarei um casal quente e macio, recheado de baba de moça e coberto com chantilly.

Saio rastejando pela porta com toda a dignidade da minha espécie, sem pensar duas vezes. Essa é uma grande vantagem dos animais: não precisam se vestir para bater à porta dos vizinhos. Minha cauda vai se arrastando pelo carpete sujo do motel como uma barra de calça grande demais para mim. É a consciência, grande demais para o meu rabo. Eu não devia me importar em sujá-lo; morei tanto tempo no esgoto, sem higiene nem nojo. Preciso me despir de vez da carapuça de professor. Abandonar minha falsa dignidade. Antes de réptil, sou um escritor.

Realizar aquele curto percurso pelos corredores do motel é como voltar às raízes, ao menos. Ao menos como voltar ao esgoto, andando pelas galerias, contornando concretos para chegar aonde eu quero. O casal que copula está logo atrás de mim, quer dizer, atrás de minha cama, então seu quarto deve ficar logo atrás do meu. Para chegar a ele, percorro todo um andar que não fora feito para ser percorrido. Acho que não esperam que haja comunicação entre os hóspedes. Imagino se encontrarei um esqueleto vigiando a porta. Felizmente não. Bato. "Serviço de quarto."

"Não pedimos nada", lá dentro a voz responde.

"Champanhe gratuito depois da meia-noite, senhor." Nem sei se já passamos da meia-noite. Mas é só uma questão de ponto de vista. Fusos horários, questão de calendário.

Ouço as trancas sendo viradas e a porta é aberta por uma enorme aranha. Estende suas oito patas para recolher um champanhe que eu não trouxera. Surpresas desagradáveis para nós dois. Por trás da aranha, vejo Artur Alvim enrolado em uma teia. "Socorro, me tire daqui!"

Hum... então outro predador queria chegar antes de mim? Um *bug* vitaminado quer roubar o meu jantar? "Me desculpe, dona aranha, mas nós, jacarés, precisamos de mais proteína do que vocês."

"Não sou dona aranha, sou aracnídeo macho. E quem é você para interromper minha refeição?"

Ao me apresentar, tenho a grande surpresa. A aranha é ninguém mais, ninguém menos do que Sebastian Salto, aquele jovem escritor para quem eu mandara meu livro.

"Puxa, é muita coincidência. Queria muito conversar com você. Saber o que achou do livro. Afinal, você já leu?"

"Bom, Frank, não é a melhor hora para conversarmos sobre isso, né? Podemos nos falar outro dia?"

Como outro dia? Como outro dia, se Godzilla destrói a cidade e talvez nem haja amanhã? Tenho pressa para a imortalidade. Insisto. "Puxa, você sabe como é difícil essa fase de pré-edição — procurar editoras, tentar publicar. Me dá uma força. Não podemos conversar durante o jantar? Você não vai dar conta dele todo sozinho, vai?"

"Minha fome é maior do que eu mesmo."

Sebastian vai fechando a porta na minha cara, mas eu enfio o rabo e entro no quarto. "O que é isso, meu escritor. Imagine se soubessem o que você anda aprontando em motéis como esse!" Imagine se as pessoas ficassem sabendo o que Sebastian Salto apronta nesses lençóis? Imagine o que pensariam de suas teias enroladas nesses garotos? Imagine se conhecessem sua dieta? Comento isso com ele, assim, por alto. E ele finalmente me convida para dividir o pitéu. Insiste para que eu aceite, até.

Temos um jantar bem agradável, sobre lençóis. As aranhas têm aquele método estranho de se alimentar — transformando tudo em pastas, espumas, gelatinas, uma coisa Ferran Àdria, sabe? Deixa meu maxilar um pouco magoado. Preferiria ter quebrado cada ossinho do garoto. De qualquer forma, é um jantar sofisticado, com leves toques de chocolate e frutas vermelhas. O álcool e as drogas bem incorporados à carne. Um amargo residual na língua. E, no final, de Artur Alvim deixamos apenas uma casca.

Não comentamos sobre o livro enquanto comemos; eu não quero falar de boca cheia, embora encha a boca para falar sobre o meu livro. Sebastian pede um cafezinho a Peckham Rye, mas nos pegamos olhando um para o outro. Nenhum de nós dois bebe café.

"Bem, Frank, pra falar a verdade, li seu livro sim, mas não sei se você vai gostar da minha opinião. Eu não sou um especialista, não sou acadêmico nem estudioso de literatura, nem mesmo intelectual. Apenas escrevo. Acho chato criticar..."

"Mas se te mandei o livro exatamente por isso tudo..."

Explico a minha situação. Minha origem simples, minha adolescência underground, minha ascensão acadêmica e decadência literária. Dou ênfase especial aos episódios bizarros do esgoto, que eu considero extremamente originais. Enquanto falo, observo a expressão impassível do jovem aracnídeo. Nem estou acostumado com sua anatomia, então não posso dizer se ele ri, chora ou apenas dorme. Ele seria um ótimo psiquiatra, disso eu tenho certeza, porque nunca demonstraria julgamento perante seus pacientes. Mas eu não estou numa sessão de terapia, ao menos acho que não. Quero que meus relatos toquem os sinos da arte, mais do que sirenes de ambulância. Conto com a arte para sobreviver, já que ela mesma me impede de transcender. Digo tudo isso, que considero nobre e genuíno e disse tantas vezes antes, mas Sebastian apenas me olha com aquelas mandíbulas se abrindo.

"Sinceramente, não sei o que posso fazer por você. Literatura não é solução. Você não vai ganhar dinheiro com isso. Ainda mais contando suas memórias. Isso é apenas um diário."

Sim, sim. E ele não acha um diário interessante?

"Olha, Frank. Sua vida pode ser interessante para ser vivida. Se você contar essas histórias para seus amigos num bar, num blog, tenho certeza de que eles acharão impressionante, mas para registrar em papel são apenas histórias banais de um jacaré, entende?"

"Histórias banais? Existe outro jacaré para contá-las?"

"Além do mais, você faz uma apologia à ignorância. Toda essa crítica à Universidade, ao estudo, não cai bem para quem gosta de ler. Você usa um suporte literário para defender ideias de quem se apoia num skate."

Sebastian é duro comigo. E enquanto ele fala, eu só consigo estranhar as palavras saindo de mandíbulas tão estranhas quanto as de um aracnídeo, quelíceras. E eu que achava que um jacaré escrevendo seria original. Me sinto um pouco constrangido. Talvez seja apenas o estômago preenchido. Uma azia intelectual que me invade e me faz rejeitar toda essa baboseira, essa jeremiada, como os restos de um jantar frio e amanhecido. Ele repara no meu descontentamento. Tenho de admitir:

"Desculpe, pensei que você fosse... você fosse mais... humano."

"Ai, ai, escuto tanto isso", diz ele.

É uma dupla decepção. Pois percebo que ele é apenas uma aranha que escreve, não um grande escritor. É praticamente um subproduto de Stephen King. Tem oito patas trabalhando por ele, o que garante sua rapidez nos romances. Consegue fazer quatro parágrafos simultaneamente — grande vantagem, deixe só uma centopeia aparecer e colocá-lo para escanteio. E isso tudo me faz pensar o quanto me orgulho do que escrevo apenas pelo fato de ser um jacaré. Eu vivo mais do que sou capaz de descrever. E nem consegui ainda terminar minha própria história. Por isso ele me subestima, com minhas lerdas patas de réptil. Ah...

"Olha só, o livro ainda não terminou. É um processo."

"Sim, mas se você está escrevendo suas memórias, só vai terminar quando você morrer... ou ficar com Alzheimer."

"Não, não necessariamente. É só eu achar uma pausa interessante. Uma virada. Um ciclo que eu acredite que esteja encerrado."

"Bem, bem, se você for me incluir nessas suas memórias, me coloque então como outro animal, ok? Um gato, quem sabe..."

Ah, jovem escritor vaidoso...

"Você não pode ser tão ansioso assim, Frank. Não é assim que deve ser. Veja só, quanta pressa. Mandar uma obra em processo. Parece mais preocupado com o resultado do que com a escrita em si. Quer ser escritor, não escrever. Quer mais ser resgatado pelo transatlântico da indústria cultural do que boiar no mar da arte..."

Ei, essas analogias são minhas...

"Além do mais. Seu nome, seu nome... Seu nome é mesmo Frank, Frank Sinatra?"

Sorrio para ele, orgulhoso do meu pseudônimo.

"Não. Gostou de Frank Sinatra?"

"Hum... bem, já tem um com esse nome, né?"

"Tem?"

"Claro, um cantor... *Now Ziggy played guitar, jamming good with Weird and Gilly... lalalá...*" cantarola.

"Não, isso é David Bowie. Frank Sinatra canta *Strangers in the night, lalalá...*" cantarolo.

"Isso. Bem, então você conhece."

"Sim. Conheço o *cantor*. Mas escritor, nenhum."

"Mas as pessoas vão achar que são a mesma pessoa."

"Mas eu serei Frank Sinatra, o jacaré escritor! É original..."

Ele balança a cabeça. Acha que não. "Isso me lembra daquele peixe, sabe? Aquele que canta '*I Don't Know Why I Love You But I Do*', *lalalá?*"

"Do que você está falando?"

Então Sebastian pergunta meu nome. Meu verdadeiro nome, "de batismo".

"Victório."

"Victório? Como a estação de metrô?"

"Não. Como o aeroporto sobre ela."

Mastigando humanos foi escrito entre setembro de 2004 e maio de 2006. Publicado originalmente pela editora Nova Fronteira, em agosto de 2006.

O texto foi revisto por mim em maio de 2013, para esta nova edição. Eu não conseguiria (nem sei se deveria) alterar substancialmente o romance, que hoje me parece ter sido escrito por outra pessoa. Mas fiz algumas correções, brincadeiras e masturbações.

Mantenho os agradecimentos originais a Daniel Luciancencov, Marco Túlio dos Reis, Fabiana Batistela, Marcos Augustinas & Pazetto, Elisa Nazarian, Laerte Késsimos, Taina Hagemann, Débora Guterman, Cleuber Orsi, Prof. Luciano Martins Verdade, Paulo Perizolo, Rodrigo Aguado e Ray-Güde Mertin.

Acrescento agora minha agente, Nicole Witt; Jordi Roca; minha editora de *Masticando humanos* na Espanha; minha editora no Brasil, Livia Vianna; Guiomar de Grammont e Lucas Bandeira; Ana Barbara Neves, Alexandre Matos, Michel Melamed e Murilo Oliveira; e agradecimentos especiais a todos os leitores que me escreveram sobre este livro, muitos dos quais o roubaram de bibliotecas pelo Brasil. Podemos estar rastejando, mas ainda chegaremos lá.

Este livro foi composto na tipologia Adobe Garamond Pro,
em corpo 12/15,4, e impresso em papel off-white
no Sistema Cameron da Divisão Gráfica
da Distribuidora Record.